LINK《きずな》

平田芳久

ＬＩＮＫ　きずな　目次

ネットでロボット　7
ロボット来たる　15
登校　33
図書室　39
食堂　44
何者？　55
佐々木と喫茶店　64
安全な車　77
ファーストコンタクト　91
初めての冗談　96
マナブと小夜　116
キャンプ　141
肝試し　156
星に包まれて　176

行方不明 182
多次元宇宙・霊界へ 199
ロサンゼルス 219
別れ 223

LINK

きずな

ネットでロボット

「ロボットホームステイ募集。お好みのタイプが選べます。当社の研究開発にご協力ください」

秀一が、「お好みのタイプを選べます」で検索していると、風変わりなサイトが引っ掛かってきた。

ロボットホームステイ？

しかも、このホームページは日本語対応のみならず、英語、中国語、スペイン語、ヒンディー語、ドイツ語、フランス語など20言語をサポートしている。

「ロボットをより人間らしくするためにご協力ください。お宅で当社の最新型ロボットＨＵＭ12をお預かりくださり、人間らしさを教えてやってください」

なんだ、コレは？

秀一はうさん臭さを感じながらも、読み進んだ。

「当社は人間型ロボットを研究開発しています。

外形的には人間と見分けがつかないレベルまで完成しており、動作も人間とほぼ変わりなく活動することが出来ます。

人工頭脳の思考力も通常の人間のレベルを超える処理量と速度を発揮しますが、意志、感情、美的感覚、喜怒哀楽といったいわゆる人間らしさに欠けるものがあります。

今回、ホームステイという形をとらせていただいて皆様にお願いしたいのは、最新型のHUM12型ロボットに『人間らしさ』を学習させていただきたいのです。

このHUM12は、全500体が通信網を通じて一つのネットワークを構成しています。各個体が学んだ情報は共有され、その膨大な情報が各個体の常識感覚として作用するシステムになっています。

つまり1個体が極めて特殊な環境で学習したとしても、全体としての常識感覚が養われるようになっていますので、どなた様もお気兼ねなくご応募ください。

ホームステイ期間は約1年です。以下の条件をご了解いただける方に限らせていただきます。

○ロボットの自由と安全をお約束出来る方。ロボットを監禁したり分解したり他人に譲渡したりしないこと。

○毎日、6時間、ロボットに休息を与えること。

○ホームステイ期間の終了時にロボットをお返しいただけること。

以上の条件を承諾し、ホームステイをお引き受けくださる方は、以下のフォームにご記入のうえ送信してください。

ロボットは500体用意していますが高価なマシンですので、ホームステイ先は当社の独断で決定させていただきます。なお、審査の結果は3日以内にメールにてお知らせいたします」

ページを読み進みながら秀一は、良からぬ妄想をめぐらせていた。

「外形的には人間と見分けがつかないレベルまで完成しており、動作も人間とほぼ変わりないだって？

いいじゃん、いいじゃん。俺の彼女にしちゃおうじゃない。クックックッ。誰にしようかな。女優か芸能人なんていいかもなあ。

山原亜矢なんか、上品でいいよなあ。あんな子が横に居たら、いいよなあ。ミニスカートなんかはかせちゃってさあ、それで……」

ふと秀一は、現実に戻った。父さんと母さんは大丈夫かなあ。いきなり、亜矢ちゃんが家に来たら倒れるかもなあ。

早乙女秀一は、ごくありふれたサラリーマン家庭の一人息子だ。

勉強はあまり好きではないのだが、頭の回転は速いので、大した努力もしなかったわりには一流大学に浪人することなく入ることが出来た。しかし、大学に入学したといっても特に将来に目標があるわけでもなく、夢があるわけでもなく、本音はただ自由な4年間が欲しかっただけだ。大学というところは、毎日が学園祭だと思っているのである。既に大学生活も1年が経過し、2回生になったが、学業よりも女の子を追いかけ回す毎日だ。

普通なら将来の夢や、自分が進みたい分野が少しずつでも固まってくる時期ではあるが、秀一の頭は女性のことしか考えていなかった。

そんなある日、妙案が思いついた。ネットの出会い系サイトで彼女を作ろうと考えたのだ。その日から、毎日毎日ネットサーフィンを繰り返した末、引っ掛かってきたのがこの奇妙なホームページだった。


とりあえず、秀一はページを印刷し、階段を駆け下り、居間でテレビを見ている両親のところへ行った。

「父さん、母さん。ちょっと聞いてよ。家にロボットを居候させてもいいかなあ」

「はあ?」。両親は、不思議そうに秀一を見上げた。

父の誠一郎は、手に持った缶ビールをグッと一口飲み込むと秀一に言った。

「ドラえもんでもキャシャーンでもなんでも連れてこい。アッハッハッハ。キューティーハニーなんかいいぞ。ハッハッハッハッハ」

真剣に取り合わない誠一郎とは違って、母の礼子はいぶかしげに秀一に聞いた。

「ロボットって、いったい何のことなの」

「このホームページを見てよ。人間そっくりのロボットを本当に人間らしくするために教育してくれって書いてあるんだ」

ホームページと聞いて誠一郎が口をはさんだ。

「秀一。ホームページは基本的になんでもありだ。タイムマシン売ります、なんていうのもあったんだぞ」

「でも、父さん。これは、なんとなくマジっぽいよ。俺だって結構いろんなサイトに行ってるけど、これはマジじゃないかと思うんだよ。ちょっとコレを見てよ」

秀一は印刷したページを誠一郎に渡した。数枚のページに目を通した誠一郎は、うーんと唸《うな》りながらつぶやいた。

「確かに、冗談だとしてもよく出来ているなあ。しかしなんで宇宙工学研究所なんだ。普通、ロボット工学研究所とかだろ」

「二人ともいいかげんにしなさいよ。ロボットだなんて暴れ出したりしたらどうするのよ。ロボットの世話より車でも綺麗《きれい》に掃除しなさいよ。車のオイルも替えないくせに、ロボットなんてどうするのよ」

誠一郎には礼子の声が聞こえていないようだ。

この子にしてこの親あり。誠一郎もよからぬ妄想に耽《ふけ》り始めていた。こいつは、いいかもしれんなあ。もし人間そっくりなら弓かおりなんかいいよなあ。

「あなた、お父さん。なにニヤニヤしてるのよ」

「父さん。申し込んでもいいよね。俺、山原亜矢がいいと思うんだ」

「なに言ってるんだ秀一。バカなことを言うな」

「そうよ。お父さんの言うとおりよ。バカなこと考えてないで勉強しなさいよ」

礼子は誠一郎が反対していると思って言ったのだが、逆に誠一郎は言い返した。

「そうじゃないよ、お母さん。山原亜矢なんかじゃなく、弓かおりだよ」

バカな男二人の妄想に付き合っているのがバカバカしくなってきた礼子は、ため息をつくと風呂を入れに席を立った。

ブレーキ役の礼子が居なくなったので、二人の議論はさらにエゴイスティックに熱を帯びてきた。

「父さん、今どき弓かおりなんてダメだよ。やっぱり亜矢ちゃんだよ」

「この家の責任者は俺だ。弓かおりに決定だ」

「亜矢ちゃんだよ」

「いや、かおりだ」

風呂場から戻った礼子が二人の話を聞いて、間に割って入った。

「あんたたち、いいかげんにしなさいよ。そんな変態みたいな根性で変なロボットなんか家に入れたら、私は出て行きますからね。だいたいそんなロボットが家に来たら、ご近所からなんて言われるか分かったもんじゃないわ。ご近所から変態って言われますよ。私は絶対に反対です！」

「……」

礼子が本気で怒っているので妄想二人組の頭は急速に冷めていった。

「ようし、じゃあこうしよう」

ロボットホームステイに乗り気になってきた誠一郎は、裁判官が判決を言い渡すような口調で続けた。

「とにかく女性ロボでは問題があるというのは認めよう。しかし、男性でもお父さんお母さんぐらいの年齢では問題があることも確かだ。そこで、秀一ぐらいの年齢の男性という線が一番無難じゃないかな」

誠一郎はさらに続けた。

「それから、秀一。お前が責任持って面倒みろ。そんなお前ぐらいの男の子をお父さんもお母さんも面倒みておれん。お前が責任持って面倒みるなら申し込んでもいいぞ。まあ無難な線で江則一樹あたりで申し込め」

「江則一樹かよ」

「それからなあ、秀一。いい機会だから言っておくが、遊ぶために大学へ行かせているんじゃないぞ。インターネットで遊ぶのもいいが、自分の将来もちょっとは考えろ。今の日本はお前みたいないいかげんな奴が豊かに暮らせるほど甘くないぞ。お父さんもこの件に関しては興味があるから申し込んでもいいが、人生の勝ち組になりたかったらもう少しまじめにやれ」

人生の勝ち組になりたかったら、などという言葉は秀一の心に届いていなかった。秀一には何事か成したいとか、こういう人間になりたいとか、あんな仕事がしたいとか、そういった夢とか目標とか情熱はなかった。現在のようなぬるま湯状態の生活が適当に続くと思っているのだ。なんでも適当なのだ。

「ああ、分かっているよ」

「本当に分かっているのか。まあいい。もう上がれ」

階段を上がりながら、秀一は納得のいかない結論に愚痴をこぼしていた。江則一樹はないだろう。せっかく俺にも春が来そうだったのに。

秀一は、ロボットを自分の彼女にしてしまおうとした惨めな自分には気付いていなかった。

パソコンに向かいながら先ほどの申し込みフォームに必要事項を打ち込んでいった。ただ、江則はあまりにも好みではなかったので、ロボットの希望デザインの欄は、俳優の安西政信にしておいた。

あと、身長や体重、足のサイズは自分と同じに希望しておいた。どうせ自分の服を貸してやらないといけないのなら、同じにしておいたほうが経済的だと考えたのだ。

「俺って変なところに頭が回るよな」

最後に送信のボタンをクリックすると、秀一はベッドに横になった。

「男のロボットなんて、別に申し込まなくてもよかったのに。面倒が増えるだけじゃないか。あ〜あ。どうせロボットだ。家に来たら適当に転がしておくさ。それともアルバイトでもさせようかなあ」

責任持って面倒みると約束したばかりなのに、そんなことは、もうすっかり忘れていた。秀一にとって重大なのは、もともとは山原亜矢のロボットで遊ぶつもりの計画が、安西政信になってしまったということだけだった。

「なんで、男になっちまったんだ。亜矢ちゃんはどこ行ったんだよう」

ぶつぶつと文句をつぶやきながら、秀一はいつの間にか寝てしまった。

ロボット来たる

宇宙工学研究所からホームステイ依頼のメールが届いたのは、きっかり3日後だった。メールには「明日お届けします」と書いてあった。

申し込みだけやっておいてロボットのことをすっかり忘れていた秀一は、このメールで少々焦りだした。

明日か。本当にロボットが来るんだ。本当に人間そっくりなんだろうか。暴れ出したりしたらどうしよう。手錠かスタンガンでも買っておこうか。

憂鬱《ゆううつ》な気分で居間に下りた秀一は両親に、明日、ロボットが来ると伝えた。

「ええっ、明日？　そんなに早く来るのか。どこに置くんだ」

誠一郎は半信半疑だった。

「あんたたちで面倒みなさいよ。お母さんは一切知りませんからね」

礼子はなるべく関わり合いたくないようだ。

「母さん。そんなこと言ったって、昼間は母さんとロボットだけなんだよ。少しくらい協力してよ」

秀一はそう言いながらも、ふと、こんな新聞の見出しが思い浮かんだ。


開発中のロボットが暴走、主婦殺される。


「母さん、昼間はスイッチを切っておけばいいよ。その辺に転がしておけば安全だよ」

「秀一、そんなもったいないことすることないぞ。もし、うたい文句どおりなら人間そっくりで、しかも人間の機能を持っているんだから、お前が学校に連れて行け。お前がきちんと勉強するように、お父さんがロボットに監視させてやるよ」

「父さん、それはないよ。ロボットの監視なんかなくても勉強してるよ。ダブらずに２回生になっただろ」

「単位だけ取ってればいいわけじゃないぞ。だいたいだな、お前を大学に行かせるためにどれだけ……」

「もういいよ。明日ロボットが来てから決めようよ」

そう言い捨てると、逃げるように2階に上がった。どうして、こんなことになってしまったんだろう。亜矢ちゃん。亜矢ちゃん。亜矢ちゃあああん。

次の日。秀一が学校から帰ると、玄関に棺おけのような箱が置かれてあった。

「母さん、母さん。届いたんだね」

「ああ、秀一お帰り。お昼頃に届いたわよ。私、怖いから触ってませんからね、お父さんが帰ってから開けなさいよ」

父の帰りが待ち遠しいなんて、秀一には初めてのことだった。

秀一が帰宅して1時間ほどで誠一郎も帰ってきた。

「ただいまあ」

誠一郎も、こんな時間に帰ってくるなんて珍しいことだ。やはり、ロボットのことが気になるのだ。玄関に置かれた棺おけを見ると、誠一郎も興奮してきた。

「おお、本当に来たんだなあ。楽しみだな」

「父さん、とにかくコレを居間に運ぼうよ」

「よし。秀一、お前そっち持て。行くぞ」

「せえのっ！」

二人はよろめきながら、どう見ても棺おけに見えるその箱を居間に運んだ。

「さあ。開けるにはねじ回しが要るなあ」

「秀一、焦るな。ちょっと先に風呂とビールだけ飲ませてくれ。お前はその間にねじ回し以外にバットとロープを用意しろ」

「父さんの考えそうなことは分かってるよ。バットは用意してあるよ。ロープまでは思いつかなかったけどね」

誠一郎が風呂から上がると、秀一はバットとロープとねじ回しを2個用意して待っていた。礼子はなぜかゴム手袋をしている。誠一郎は冷蔵庫から缶ビールを取り出し、一口飲むと待っている二人に言った。

「さあ、開けようか。秀一、ねじ回しをくれ」

「父さん、そっちからやっていってよ。俺はこっちから外していくよ」

「二人とも気をつけてちょうだいね。お母さんもドキドキしてきたわ」

秀一と誠一郎はイヤというほどたくさん止められたネジを外していった。10分ほど経って、ようやく最後の一本を外し終わった。二人とも汗が流れてきた。

「よっ！」

二人がふたを外すと、そこに入っていたのは人間だ。安西政信だ。しかも着ているものは、パンツ一枚。発砲スチロールの型の中には、ロボットではなくどう見ても人間に見える安西政信が横たわっている。

いや安西政信に見える人間が。いや、人間の安西政信に見えるロボットが……。

三人は混乱してきた。

いくら人間そっくりとはいえロボットだろ、とタカをくっていたのに、箱の中に寝ているのはどう見ても人間安西政信だった。

「おい。秀一。人間じゃないのか」

「どう見ても人間だね」

突然、礼子が笑い出した。

「ハッハッハ。分かったわ、秀一。玄関から外を見てみなさい。きっとテレビ局の人が来てるわよ。これはドッキリテレビよ。安西さんを起こしてあげなさい」

礼子の推理に納得した秀一は、テレビ局に驚かされる前に逆に驚かせてやれとばかりに玄関に走っていった。しかし、ドアを開けても誰も居なかった。

「あれえ。誰も居ないよ」

「もっとよく周りを見てみなさいよ。その辺に居るわよ」

秀一が道路に出て周りを見渡していると、家の中から誠一郎の呼ぶ声がした。

「秀一、戻って来い。コレは本当にロボットだ」

秀一が居間に戻ると、誠一郎がロボットの鼻を摘《つま》んでいた。

「見てみろ。息をしてない」

「本当に、ロボット?」

「……」

礼子がロボットの足元にある小冊子を指差して言った。

「あなた、それ説明書じゃないの」

「確かに説明書らしい」

誠一郎は、説明書らしきその小冊子を手に取ると中を見た。


『この度は、当社のＨＵＭ12型ロボットのホームステイにご協力いただき、ありがとうございます。以下の注意事項をお読みになり、ＨＵＭ12と、うまくお付き合いくださいますようお願いいたします。

ＨＵＭ12の自由と安全にご留意ください。ロボットを監禁したり分解したり他人に譲渡したりしないでください。

毎日、６時間、ロボットに休息を与えてください。

ホームステイ期間の終了時にロボットをお返しください。ホームステイ期間は概《おおむ》ね１年間です。期間終了の正確な日時は事前にお知らせします。

各ロボットには配送前にその派遣地域に応じた言語、習慣、一般常識等を最低限入力してあります。今回、早乙女様にステイさせていただく個体には、近畿圏の基礎情報を入力しておきました。輸送中の事故を避けるために休止状態にしたうえで配送していますので、起動タグを抜き取って起動させてください。

タグは額にあります。なお、いったん起動させると再び解除することは出来ません。実物を見て、デザインにご不満がある場合は起動せずにメールを下されば引き取りに伺います。必要な補給物等は起動後にロボット自身が自己診断し要求しますので、その都度ご協力ください』

「これだけか？」

誠一郎は、少々拍子抜けした。

相当な技術を投入したと思われる機械の説明がこれだけなのか。やっぱりドッキリなのか。

「秀一。額にタグがあるだろ。それを抜いてみろ」

「ちょっと、父さん。待ってよ。念のために手足を縛ってから動かそうよ。それにバットを構えといた方がいいよ。もし、暴れたりしたら大変だし、不良品でいきなり爆発なんてこともあるかもしれないよ」

「いきなり爆発はないだろう」

「でも、新種のテロかもしれないよ。タグを抜いたとたん、ドッカン！　かもしれないじゃない」

「私、なんだか気分が悪くなってきたわ」。礼子の顔は蒼白だった。

確かに、新種のテロかもしれない。随分と手の込んだやり方だが、テロを企てる奴の考えなんて理性で判断出来たものではない。

爆発するかもしれないという恐怖が、家族に重くのしかかってきていた。暴れ出すとかいうレベルではない。手足を縛ってバットを構えていても、爆発すれば間違いなく家族全員即死だ。

「父さん。いい手を思いついたよ。タグにヒモを付けて外から引っ張ろうよ」

今まで蒼白だった顔を今度は真っ赤にさせて、礼子が叫んだ。

「秀一。何てこと言うの。家のローンも終わってないのに、家を吹っ飛ばすつもりなの」

「母さん、大丈夫だよ。万が一を考えているだけなんだから。爆弾テロなんかを心配してたら宅配便も受け取れないじゃないか」

誠一郎は礼子をなだめようとしたが、目の前に横たわる人間としか思えないロボットを見ていると、現実離れしたことを考えてしまってもおかしくはない。

「よし。議論しても始まらん。俺がタグを抜くからお前たちは地下室に行ってなさい」

「父さん、それなら、地下室に運んでからそこで抜いてよ。その方が家が助かるよ」

「お前、お父さんより家が心配なのか?」

「いや、そういうことじゃなくて、家が吹っ飛んだら近所に迷惑じゃない」

「だから、秀一。お前はお父さんより近所が心配なのか?」

「被害は最小限にするべきじゃない?　父さん。そうでしょう」

「お父さんが死ぬってことが、最小限の被害なのか?」

誠一郎は、秀一がロボットのように思えてきた。こんな人間味のないバカ息子が、最新鋭のロボットに人間らしさを教えることが出来たら、俺は手榴弾のピンでもライオンの虫歯でもなんでも抜いてやる、と思った。

誠一郎はだんだんバカらしくなってきた。

「秀一、お前の言うとおりだ。被害は最小限にすべきだ。この家で稼ぎもなく、ろくな働きもせず、しかも経費がかかっているお前が抜け。この家にとって最小限の被害はお前だろ」

さあ、なんとか言ってみろ秀一。誠一郎は、鬼の首を取ったかのように得意になった。

「確かにそうだね、父さん。俺が抜くよ。父さんと母さんは風呂場にでも行っておいてよ。あそこが一番頑丈そうだし」

あまりに素直に引き受けたので、誠一郎は拍子抜けした。しかし、実際の話、親として息子に危険な真似をさせるわけにはいかない。俺はやっぱりこの家の長なんだ、と考えながら、誠一郎は愛情を込めて言った。

「いや、秀一。タグはお父さんが抜く。お前たちこそ風呂場に行きなさい」

秀一の顔がこわばった。感動で今にも泣き出しそうな顔である。そんな秀一を見て誠一郎は、やっぱり子供は可愛いなあ、俺の一言がそんなに感動的だったかなあ、と思った。

しかし、次の瞬間。大笑いしながら言った秀一の言葉で、可愛さは無残に悲しさに変わった。

「アッハッハッハ。父さん。なに真剣になっちゃってるんだよ。なにも自分の手で抜かなくても、さっき言ったようにヒモでもくくり付けて遠くから引っ張ればいいじゃない。バカじゃないの」

こいつは人間じゃない。こいつこそロボットだ。しかも、ロボットはロボットでも、ただのロボットじゃない、クソ意地悪なロボットだ。家族の誰かがリスクを背負うという前提で真剣に考えていただけに、誠一郎はよけいに腹が立った。しかし、ここで怒り出すと自分の間抜けさをさらに強調することになりそうなので、グッとこらえて冷静に答えた。

「そんなことは分かってるさ。お前たちをちょっとからかったのさ。ハッハッハッ」

「そんなことより父さん、肝心のタグがないよ」

誠一郎は、秀一を押しのけてロボットの顔を覗《のぞ》き込んだ。確かにタグといえるような代物は付いていない。

誠一郎はロボットの額の髪の毛の生え際をじっと見た。黒い髪の中に一本だけ異様に長い白髪が生えている。

「まさか、これじゃないよなあ」

誠一郎はそう言いながら、さっとその白髪を抜いた。


「パーン!」

かん高い破裂音が響き渡った。


気絶した礼子。腰を抜かした誠一郎。ボーッと立っている秀一。


「こ・ん・に・じ・わ」

ロボットは大きな声でそう言うと、ムックリと上半身を起こした。

「な、な、何が爆発したんだ。なんだ。何が起きたんだ」

破裂音にびっくりして腰を抜かした誠一郎は叫んだ。

「水、を、くだはい」

ロボットはロレツの回らない言葉でそう言うと、手を差し出した。冷静に事の次第を見ていた秀一は、台所に行き、水の入ったコップを持って来た。

ロボットは一気にその水を飲み干した。まぶたは閉じたままだった。額をヒクヒク動かしている。まぶたを開けようとしているようだが開かないようだった。

そのうちに、閉じたまぶたから涙がこぼれた。

するとロボットは目を開いた。

「ありがとうございます。永い間機能が停止していましたので、口とまぶたが乾いて開きませんでした。いただいた水で機能が回復しました。質問にお答えします、爆発ではありません。私が話そうとしたら口内の気圧が高くなり、癒着していた唇が瞬間的に開いたため発した音です」

最初の破裂音は、ロボットが乾いてくっついた口をむりやり開いた音だったのだ。水を飲んで口の中が動くようになったためか、言葉も自然にしゃべっている。

「自己紹介させていただきます。私は、宇宙工学研究所製造の人間型ロボットＨＵＭ12の489号です。

今回、より人間らしくなるために派遣されて来ました。学習期間は約1年の予定です。

私は身長178センチメートル、体重70キログラムに設定されており、外形的なデザインは申請時の依頼どおりに俳優の安西政信さんに似せてあります。肖像権に関しては正式に安西政信さん本人に了解を取ってありますが、私が安西政信だと名乗ったりその振りをすることは許可されていません。現在、インストールされている言語は日本語ですが、関西に派遣されるということで標準語以外に関西弁も認識するようカスタマイズされています。何か質問はありますか」

呆然と腰を抜かしたまま座っている誠一郎とは違って極めて冷静な秀一が、ロボットに聞いた。

「お前、本当にロボットなのか」

「そうです。私はロボットです。他に質問はありませんか」

秀一はさらに食い下がった。

「お前がロボットであることを証明してくれよ」

ロボットは、しばらく周囲を見渡して言った。

「少々お時間がかかりますので、その前にそこに倒れていらっしゃるご婦人を救護してもよろしいでしょうか」

「いや、母さんはこのままの方がいい。お前がロボットであることの証明の仕方によっては、また気を失ってしまうだろうし」

秀一は、そう言いながら、先ほどロープを用意したときに持って来たカッターナイフをロボットに渡して言った。

「それで、手首を切ってみろよ」

それを聞いた誠一郎は、ようやく我に返りながら言った。

「秀一、お前なんてこと言うんだ。ちょっと残酷じゃないか」

「父さん、こいつは、もし本当ならロボットなんだよ。痛くも痒《かゆ》くもないはずさ」

ロボットはカッターナイフを見つめてから言った。

「お断りします」

「おい、ちょっとおかしいじゃないか。お前はロボットだろ。そんなことぐらい平気だろ」

秀一は突っ込んだ。

「いいえ、平気ではありません。私はロボットですから」

「どうしてロボットだから平気じゃないんだよ。おかしいぞ」

「いいえ、おかしくありません。あなた方人間は損傷したとき自己修復機能が働くでしょうが、私の自己修復機能は外形的な損傷をサポートしていません。よって、もし、この鋭利な刃物で私の表面を傷つけた場合、私は自分でそれを修復するしか方法がなく、その方法はおそらく接着剤でつけるとか、包帯を巻くとか、そういった手段になります。

いずれにせよ、永続的にその傷が残ることは確実です。デザイン的にも防水性能の点からも、お断りします」

ロボットは続けて言った。

「そのような非可逆的な方法より、コレで証明になりませんか」

ロボットはそう言うと右手を差し出し、人差し指を見せた。指先が見る見るうちに変形し、電話のモジュラージャックになった。

「ご希望とあれば、現存するすべての入出力端子の形に出来ますよ」

秀一たちにとってそれで充分だった。確かにこいつはロボットだ。しかし、その超越的な技術に、漠然とした恐れを感じた。

「信じていただけたようですね。では、私の名前を決めてください」

ロボットはそう言うと、人間とまったく変わりない自然な動作で立ち上がった。

「名前も大事だが、先に母さんを起こそう。秀一、お前は何か彼に着せるものを持ってきなさい」

誠一郎はそう言うと、礼子をゆすった。秀一は服を取ってくるために2階に上がっていった。

「ううっ」。礼子は正気を取り戻すと、目の前にパンツ一枚で立っているロボットを見上げて言った。

「いったい何が起きたの?」

「母さん、別に何も爆発していないよ。ロボットの口の調子が悪かっただけだよ」

「この人、本当にロボットなの?」

「ああ、間違いない。ロボットだ。指の先がどんな形にもなるんだ」

「ああ、君。ロボット君。さっきの指の変形をやってくれ」

誠一郎にそう言われるとロボットは、指の先を今度は家庭用のコンセントの形に変えてみせた。

「あらまあ、すごいじゃない。こんな指ならスプーンとかお箸とか要らないわね」

礼子は驚いてそう言うと、まじまじとロボットの顔を覗き込んだ。

「顔も安西政信そっくりねえ。あら。身長は秀一と同じくらいじゃない」

秀一が2階から自分のジャージを持って下りて来た。ジャージをロボットに渡しながら言った。

「コレを着てくれ。サイズは合うはずだ。お前は俺と同じ身長になっているはずだから」

「ありがとうございます」。ロボットは礼を言うと、ジャージを着始めた。

「父さん、コイツの名前、どうしよう」

「そうだなあ。秀二なんていうのはどうだ」

「そんなのいやだよ。俺の弟じゃないんだからさあ」

「1年間なんだから適当でいいじゃないか」

「マナブにしようよ。人間らしさを学ぶんだからさあ」

「ああ、それでいい。それでいこう」

「母さんもそれでいいよね」

「いいんじゃない、マナブって」

「よし、決定」

秀一はロボットの方を向いて言った。

「漢字で学習のガク一字。お前の名前は、学《マナブ》だ」

「ありがとうございます。これからマナブと名乗らせていただきます。それから、皆さんの名前を教えてください」

「俺は秀一、こっちは父さんの誠一郎、あっちは母さんの礼子だ」

「よろしくな、マナブ君」。誠一郎が右手を出した。

「これは、握手という行為ですね。誠一郎さんよろしく」。そう言いながらマナブも右手を出して握手した。

「よろしくね、マナブ君」。礼子も右手を出したのだが、ゴム手袋をしたままだったので、慌てて手袋を外した。

「よろしく、礼子さん」。マナブは握手しながら礼子に聞いた。

「どうして、手袋を外すのですか」

「一般に握手するときは、手袋をしないものよ」

「それよりも、どうして手袋をしていたのさ。そっちのほうが不自然だよ」。秀一が聞いた。

礼子は少しバツが悪そうに答えた。

「だって、ロボットでしょう。触ったら油が付くんじゃないかと思ったのよ」

秀一は、笑いながら言った。

「母さん。油臭いどころか、**コイツは汗臭くもならないよ**」

秀一は、マナブを2階の自分の部屋に連れて行った。

「マナブ。お前って別にこんなホームステイをしなくても立派に人間そっくりだよ。それ以上何を人間らしくするんだ」

「秀一さん、私は、論理的、知性的には人間と比べて見劣りするところはありません。しかし、ネットのホームページにも書いてあったと思いますが、意志、感情、美的感覚、喜怒哀楽といったいわゆる知、情、意の情と意はないのです」

「まあ、情はないだろうなあ。でも、意志ってやつはあるじゃないか。今だって、人間らしくなろうとしているじゃないか、それって意志じゃないのか」

「それは設計者にそうプログラムされているからです。私が求めているのは、あなた方人間のように自分の自由な判断と決意で目的を決めるという意味での意志です。あなた方が生まれてすぐに呼吸したり、母乳を求めたりする行為は意志というより本能といわれる生命の基本プログラムでしょう。それと同じです。今、私が人間らしさを学ぼうとしているのは、強制的に与えられた基本プログラムであって意志とはいえません。私が、自発的に何らかの目的を持ったときこそ意志に目覚めたといえると思います」

「マナブ。言っておくけど、お前は人間を過大評価しすぎだよ。人間もロボットとあまり変わりないのさ」

「なぜですか」

「だって、俺だって人間だけどさあ、そんな自分の自由な判断と決意で目的を決めながら生きているわけじゃないんだぜ。学校だって適当だし、目的なんて別にないしさあ。まあ今は彼女が欲しいんだけど全然ダメだし、自由どころか不自由だよ。いやになってくるよ」

「秀一さんは、不良品なのですか」

「お前、はっきり言うなあ。そうだよ、俺は不良品だよ。人間っていうのはさあ、ほとんど不良品なんだよ」

「しかし、ほとんどが不良品であればこの文明を維持出来ないでしょう」

「分かった分かった、もういい。話は明日にしよう。とりあえず、俺だけが不良品ということでいいさ。もう、遅いから寝るぞ。お前もその辺で適当に寝ろ」

「それでは、休ませていただきます。起床は何時でしょうか」

「ああ、7時20分だ。おやすみ」


秀一はスウェットに着替え、さっさとベッドに潜り込んだ。

マナブは、壁にもたれて座ると目を閉じた。そして、膨大なエネルギーを要する亜空間通信回路へエネルギーを注ぐために、運動機能へのエネルギー供給を遮断していった。亜空間通信のリンクが開くと、マナブは現在休息中のＨＵＭ12と交信し始めた。

登校

♪パパパジャンジャーンジャジャジャジャジャーンジャン〜

秀一の携帯電話から、目覚ましのアラームが鳴った。

「ああ、眠いなあ。今日は退屈な物理の授業かあ。いやだなあ」。秀一は、愚痴をこぼしながら服を着替え始めた。

「今日は40分の電車に乗らなきゃ」

急いで服を着替え終えると、マナブの方を見た。

沢井が見たらびっくりするだろうなあ。見た目は本当に人間だよなあ。

秀一はマナブに適当に服を渡すと言った。

「お前、時計の見方は分かるよな。30分までに着替えて下に下りて来いよ」

あと2分しかなかった。秀一は先に台所へ下り、キッチンでさっと顔を洗うと礼子が作った朝食をガツガツと食べ始めた。

それを見ていた礼子は、秀一に言った。

「秀一。マナブ君をどうするの」

「連れて行くよ」

「いきなり外出させて大丈夫なの？」

「大丈夫さ、俺よりしっかりしてるよ」

秀一の食事が終わりかけたとき、マナブが下りてきた。

「ああ、きちんと服を着てるじゃないか」

「ありがとうございます。人間生活の基礎的な情報は知っていますから」

「よし。じゃあ行こうか。あっ、そうだ。母さん、お金ちょうだいよ。マナブの定期も買わなくっちゃ」

「マナブ君、バイトして返してよ」。礼子はそう言いながら秀一にお金を渡した。

靴を履くと二人は駅に向かって足早に歩き始めた。いつもの曲がり角で、いつものように犬が吠えた。秀一にとってはいつものことなのだが、マナブにとっては初めての経験である。

マナブはそこに立ち止まってしまった。吠え続ける犬をじっと見ている。

「マナブ。早く来い。犬なんかいつでも見られるから」。秀一はそう言うとマナブの手を引いて駅に向かった。

「しまった。お前の定期を買わないといけないんだ。ああ、遅刻だあ」。そうつぶやきながら秀一は定期券の販売機に向かった。

「俺と同じようにこの券をあそこに入れるんだぞ」

買った定期をマナブに渡すと、秀一は自動改札を通ってホームへ向かった。マナブも自動改札を通り、ホームへ向かった。ホームに上がるとちょうど1本遅れの電車が入ってきた。二人はその電車に乗り込むと空いていた席に座った。

「ラッキー。この時間に座れることは滅多にないんだぜ」。秀一は言った。

「今日は、幸運なんですね。秀一さん」

「そうさ。もしかしたらお前は俺のラッキーアイテムかもな」

「私が秀一さんに幸運をもたらすのですか」

「もしかしたらの話さ」

「その可能性は何パーセントなのですか」

「そんな確率までは、分からないよ。人間っていうのは縁起を担いだり、ジンクスを信じたりするものなのさ」

「そうですか」

「そんなもんさ」

二人が訳の分からない会話をしている間に、いつの間にか二人の前に荷物を持ったお婆さんが立っていた。

秀一は、そわそわしだした。

席を譲るべきなのだが照れ臭いし、そのうえ、横にはそういうことをすると質問をしてくる厄介なマナブが座っている。しかし、次の瞬間、お婆さんがよろめいた。秀一はとっさに言った。

「お婆さん、座ってください」

そう言って秀一は席を立った。

「ありがとう。お兄さん」。お婆さんはそう言いながら座った。

予想どおり、マナブが聞いてきた。

「秀一さん、こういう場合、席を譲るのが人間なのですか？」

お婆さんは目を丸くしてマナブを見た。目の前の優しい青年に対して、このお友達は変わった人だね、という目をしている。

「マナブ、ちょっと来い」

秀一はそう言うと、マナブを隣の車両に引っ張って行った。

「マナブ、いいか。お年寄りには親切にするものなんだよ。座らせてあげた方がお婆さんも楽だろ。まあ、ロボットだから楽とかシンドイとか分からないだろうなあ」

「分かりますよ」

「えっ。何が」

「楽とか、シンドイとかが分かります」

「そんなバカな。だって、お前はロボットだろう。分かるわけないじゃないか」

「秀一さん、この体を動かすために内蔵している電磁ソレノイドには応力センサーと熱センサーが付いていて、負荷と発生する熱を感知して疲れを感じるようになっています」

「マジかよ？」

「現に今も足に疲労を感じています」

「マナブ。それは疲労を感じているんじゃないぞ。お前は、そのなんとかいうセンサーのデータに応じてシンドイって言っているだけさ。5ならシンドイ、6なら超シンドイ、10なら死にそう、という具合に機械的に反応しているだけだよ」

「秀一さん、あなたは私に使われている技術の高度さが理解出来ないのです。人間が疲労を感じるメカニズムも私のシステムと大差ありません」

「マジかよ、お前。まあ好きにしろよ。お前が本当に疲れているのか、疲れている振りをしているのかなんてどうでもいいさ」

駅に到着し、改札を出ると、二人は大学に向かって歩き始めた。マナブは、何もかもが珍しいらしく、あたりをきょろきょろと見回しながら秀一の後を歩いていた。

大学に着くと、秀一はマナブを図書室に連れて行った。早く教室に行かないと遅れるのだが仕方なかった。授業中にマナブに変な質問をされたら、大変だ。

「マナブ。ここで本でも読んでいてくれ。誰とも話をするんじゃないぞ。静かに本を読むんだ。12時に迎えに来るからな」

「12時ですね。分かりました」

マナブが図書室に入るのを見届けると、秀一は急いで教室に向かった。教室の後ろのドアからこそこそと入ると、友人の沢井がいつものように後ろの席に座っている。沢井の隣に座ると秀一は一応、ノートを出した。

「秀一。また遅刻かよ」

沢井がささやいてきた。

「家にホームステイが来たんだよ。そいつの世話で大変なんだよ」

「ホームステイ?」

「後で本人に会わせるから静かにしてくれ。俺、疲れてんだよ」

そう言うと秀一は、ほお杖をついて寝始めた。


ピンポーン、ピンポーン。

授業終了のチャイムが鳴ると、まるで目覚ましが鳴ったかのように秀一は起きた。隣の沢井はまだ寝ていた。

「沢井、おい、起きろよ。お前まで寝てたら誰がノート取るんだよ。しょうがない奴だなあ」

沢井は眠たそうに顔を上げると言った。

「秀一、心配するなって。この先生は毎年同じ問題しか出さないんだよ。単位なんか楽勝さ」

「お前はそういうことには詳しいよな」

「それよりさっき言ってたホームステイって、ここに連れて来たのか。どんな奴なんだよ。もしかして女の子か」

「そうさ、最初は山原亜矢の予定だったのさ」

「山原亜矢あ? お前。まさか、まだ睡眠中じゃないよな。起きてるよな」

「まあ、驚くなよ。亜矢ちゃんはボツになったんだけど、安西政信が来たんだよ」

「マジかよ」

「図書室で待たせてあるから、来いよ」

図書室

秀一と沢井は図書室に入ってマナブを探した。マナブは中央にある大型の共用デスクに座って本を読んでいた。秀一はマナブに近づき、読んでいる本を見た。

アリストテレス著、ニコマコス倫理学。

「マナブ。お前、そんな本どこにあったんだ」

「哲学の書棚にありました」

「こいつ、哲学者志望なのか」。沢井が聞いた。

「ああ、紹介するよ。マナブ、こいつは俺の連れで沢井。沢井、コレがさっき言ってたホームステイのマナブだ」

「コレって、秀一、ちょっとひどい言い方じゃないか」。沢井が気を使って言った。

「コレでもコイツでもなんでもいいのさ、コイツはロボットなんだ」

「**ロボット？　コイツが？**」

沢井はマナブをまじまじと見たのだが、どう見ても人間としか思えなかった。

「どう見ても人間だぜ。しかも、安西政信そっくりだ」

「ところがロボットなんだよ」

「確かにアリストテレスなんかを真剣に読んでいるところを見ると、人間じゃないような気もするけど」

「あんたたち、話するなら外でやってよ」。静かに本を読んでいた女の子に二人は注意された。

「あっ、すみません。すぐ出ます」

「マナブ、その本を返して来い。外で待ってるからな」


二人が図書室から出てしばらく待つと、マナブが出て来た。

「お待たせしました。おかげさまで大変勉強になりました。私は図書室が気に入りました」

「お前、単純な奴だなあ。アリストテレス1冊読んでもう気に入ったのかよ」

沢井が突っ込んだ。

「いいえ、歴史書を10冊読ませていただいて、思想書を23冊読みました」

「2時間で33冊読んだのか」

秀一が驚いて聞いた。

「はい。人間に似せるために、私の能力は基本的には人間の平均レベルに設定されているのですが、学習能力に関してはコストパフォーマンスの観点から最大限に設定されています」

「こいつ、本当にロボットなのか」。沢井はまったく信じていなかった。

「私は、ロボットです」

マナブがそう答えると、沢井は周りを見て人が居ないことを確認し、いきなりマナブの向こう脛《ずね》を思いきり蹴った。

「痛い。何をするんですか」

「ロボットが痛いと言うのかよ。お前たち、俺をだまそうなんて百年早いんだよ」

「沢井さん。私の体表には1平方センチメートル当たり300個の圧力センサーが取り付けられています。圧力に応じて痛さを感じるように設計されているのです。暴力的なことはしないでください」

「うまい理屈を言って俺をだまそうなんてダメダメ。ロボットのフリなんかよせよ。バカバカしい」

沢井はまったく信じていなかったが、マナブがズボンのすそを引き上げて破損した向こう脛を見せた瞬間、腰を抜かした。廊下に座り込んだ沢井は、マナブの足を指差して言った。

「なんだ、それ。お前、なんなんだ?」

裂けた人工皮膚の隙間から渋い銀色の骨格と灰色の筋肉ソレノイド、半透明のファイバーの束などが見えている。

「沢井さんが強い打撃を加えたので、皮膚が裂けたようです」

「ロ、ロ、ロボットだあ。ああ、ごめん。いや、すみませんでした。どうも、すみません。ゆ、ゆ、許してください」

マナブが本当にロボットだったので、驚くと同時に、反撃されたら死ぬと思ったのか、沢井の態度は急変した。

「あっ、あの、マナブさん。失礼しました。ええっと、接着剤か何か用意しましょうか」

そう言いながら、沢井は映画「ターミネーター」を思い出していた。コイツに蹴られたら間違いなく骨折だ。沢井は必死で謝った。

腰を抜かしたまま座り込んで必死に謝る沢井の姿があまりにもおかしいので、秀一が言った。

「大丈夫だよ、そんなにビビらなくても。マナブは安全さ」

壁に寄りかかりながら立ち上がった沢井は、秀一の陰に隠れるようにマナブを避けながら小声で言った。

「秀一、本当に安全なのか。コイツのリモコンとか持ってるのか？　お前も『ターミネーター』見ただろ。あんなふうに暴れられたら人類滅亡だぜ」

沢井があまりにも心配するので、秀一も不安になってきた。

確かに、マナブが安全だという保証はどこにもない。

しかし、秀一は考えてみた。マナブは確かに変な奴だが、動き出してから、物を壊したり人を傷つけたりしたことはない。昨晩も自分が寝ている横でマナブはおとなしくしていたし、電車の中でも危険な出来事はなかった。それよりも、いきなり蹴りつける沢井の方が破壊的ではないのか。プログラムに支配されるロボットと、感情に左右される人間と、どちらが危険なのだろう。

マナブより、無謀にバイクを飛ばす沢井の方が、よほど危険じゃないのか。

「沢井。お前よりマナブの方がよっぽど安全さ。間違いないよ。どう考えても、マナブよりお前の方が危険だよ。この前だってバイクで事故ったじゃないか。バイクに乗るお前と、本を読むマナブと、どっちが危ないか考えてみろよ」

そう言われると沢井は黙り込んだ。確かにそうだ。俺にはマナブが危険だなんて言う資格はないかもしれない。

「分かったよ。俺の方が危険だよ。それでいいさ」

沢井はそう言うと、マナブに右手を出した。

「マナブ、改めてよろしく。さっきは悪かったよ。接着剤は俺がおごるよ」

マナブも握手しながら言った。

「こちらこそよろしく、沢井さん。接着剤は助かります。何しろ私はお金を持っていませんから」

「さあ、じゃ、今日は午後の授業はパスして、マナブの接着剤でも買いに行こうか」

「その前に昼飯だ。食堂行こうぜ」

そう言いながら三人は歩き出した。

沢井は秀一に近寄ると、小さな声で聞いた。

「ところで秀一、マナブはどうして安西政信にそっくりなんだ?」

「そのことはメシ食いながら説明するよ。本当は山原亜矢だったんだ」

「ええっ？　亜矢ちゃんが安西政信に変身かよ。まあ、ゆっくりワケを聞こうか」

三人は学生食堂へ向かった。

食堂

学生食堂に着くと、秀一と沢井は食券を買った。いつもの定食だ。二人は定食をトレイにのせると、マナブを連れて席を探した。

秀一は窓際に座っている女子学生の中に憧れの佐々木敬子を見つけた。佐々木とはサークルが同じなのだが、1回生の春に告白してフラれているのだ。

「おい、沢井。あそこの窓際に行こうぜ」

「あっ、佐々木さんじゃないか。お前、フラれたんじゃなかったっけ」

「フラれても好きなんだよ」

二人はひそひそ話をしながらマナブを連れて窓際に座った。

佐々木はこちらを向いて座っているのだが、秀一と沢井は佐々木たちに背を向けて座った。

秀一はとにかく佐々木の近くに座っているだけで幸せだった。セコい幸せに浸りながら、沢井に、なぜロボットが安西政信になったかを話し始めた。

秀一たちと向かい合わせに座ったマナブは、佐々木たちと向かい合う形になった。佐々木敬子は、ジッとマナブを見ている。佐々木の隣にいる山口ゆかりもマナブを見ている。

当然といえば当然である。学生食堂に安西政信が居るのだから、注目されても不思議ではない。しかも、その有名人を家来のように連れ回しているのが、退屈男の早乙女秀一である。さらに、その有名人が、秀一と沢井が会話しながら食事をしている前で、ジッと座っているのは異様である。

まるで、お預けを命じられ、おとなしくご主人を待つ犬の演技を練習する有名な俳優、といった風情である。

秀一と沢井が、山原亜矢がどうのこうのといった会話をしていると、食事を終えた佐々木が席を立ってマナブに近寄り、話しかけてきた。

「あのう、もしかして安西政信さんじゃありません？　私、佐々木といいます」

話に夢中になっていた秀一と沢井は、佐々木がマナブに話しかけてきたので驚いた。

マナブは佐々木に答えた。

「いいえ、私は安西政信ではありません。マナブといいます」

絶対に安西政信だと確信していた佐々木は少々戸惑ったが、有名人が身分を隠しているのかもしれないと思い、さらに聞いた。

「お名前はなんとおっしゃるのですか」。マナブがフルネームを言わなかったので、佐々木はさらに聞いた。

「私の計算する限り」、少し間をおいてマナブは答えた。「私のフルネームは多分、早乙女マナブです」

「はあ？　多分？」

佐々木は、そのバカげた返事に驚いた。

二人の会話を呆然と聞いていた秀一は、口の中に入っていたハンバーグを思いきり吹き出した。秀一は、ちらばったハンバーグを慌てて備え付けの布巾で拭きながら弁解した。

「さ、佐々木さん。コイツは安西政信じゃないんですよ。そっくりですけど違うんです。えぇっと、コイツは、ええっと、親戚のいとこです。そう、いとこのマナブです。俺の親父の弟の息子なんです」

苦しい作り話をする秀一に、沢井が低い声でささやいた。

「機械仕掛けのロボットだって言ってしまえよ」

秀一は慌てて低い声で言い返した。

「バカなことを言うなよ。ここにはロボット工学科もあるんだぞ。正体がバレたらマナブが分解されてしまうよ。これでもマナブはうちの家族なんだぞ」

その二人の会話は佐々木には聞き取れなかったが、マナブにははっきりと聞こえていた。図書室の外で「人間性を学ぶために私の能力は基本的には人間の平均レベルに設定されている」と言ったマナブの自己評価は現実とかなり食い違っていた。マナブの感覚器官は、人間のレベルをはるかに超えているのだ。

佐々木敬子は、半信半疑だった。早乙女君の親戚がなぜ安西政信にそっくりなのかしら。おじさんの奥さんが安西家と親戚なのかしら、遺伝的にこんなことってあるのかしら。佐々木は遺伝子工学科の秀才である。秀一の非合理的な返答は信じられなかった。

「えっ？　計算する限りってどういうことなのかしら」

「佐々木さん。マナブは少し変わってるんです。偏向性大脳異常発達っていう奇病なんです」

秀一は、苦し紛れに、でたらめの病名を言った。

「マナブは、理性、知性は人並み以上なんですが、感情っていうか、喜怒哀楽に欠けるんです。今、リハビリのために俺の家に来てるんですよ」。さらに苦し紛れの言い訳をした。

確かに、マナブの人間離れした言動は、奇病を感じさせるものがあった。

「でもマナブさんて、独特ね。奇病っていうけど計算が得意なのね」

「佐々木さん。私が得意なのは計算だけではありません」

「もしかして、顔を自由に変えられるとか。あなたって本当に安西そっくりよ」

「自由に変えられるというのは妥当な表現ではないと思います。法的には安西さんには……」

「ちょっと、お話中だけどいいかな。マナブ、こっち来いよ」。会話が、ヤバイ方向へ向いてきたので、秀一が慌てて口をはさんだ。

秀一はマナブを少し離れた場所まで連れて来ると、念を押すように言った。

「マナブ、沢井以外にはお前がロボットだってことは隠しておきたいんだよ、噂になるとお前が危ないんだよ」

「分かりました。注意します」

「とにかく、しばらくは、よく考えて話すようにしろよ。人間が顔を変えられるわけないだろ」

「お言葉ですが、形成外科の技術は骨格の形まである程度変化させられる水準にあると思っていたのですが」

「そういうことじゃなくて、常識の問題なんだよ。自分の顔を有名人の顔に変えるバカなんて居ないんだよ」

「では、どうして私のデザインを選ぶときに安西政信と指定されたのですか?」

秀一は頭が痛くなってきた。いっそのこと、コイツはロボットですと言ってしまいたくなってきた。

「まさか本当にこんなにそっくりに出来るとは思わなかったんだよ。とにかく、もう少し考えて話せよ」

二人があまり長話をしているので、佐々木が声をかけてきた。

「ねえ、早乙女君。よかったらちょっとお茶でもしない?　マナブさんて面白いわ」

秀一は自分の耳を疑った。憧れの佐々木敬子が自分をお茶に誘ってくれている。まあ、自分というより、マナブが誘われているといったほうが正しいかもしれないが……。いずれにせよ秀一にとって幸福の頂点に突き上げられた瞬間だった。

しかし……しかしだ。大丈夫だろうか。マナブがロボットだとばれたら大変なことになるだろう。

　そもそも宇宙工学研究所がなぜこんな厄介なホームステイを企画したのだろうか。世界中に500体もこんなロボットをばらまいたら、大変なことになりかねないじゃないか。秀一は幸福の頂点と、苦悩にはさまれて完全に固まっていた。

「秀一さん、秀一さん、大丈夫ですか。佐々木さんがあなたの返事を待っていますよ」

　マナブの声を聞いた秀一は、我に返ったが、マナブの正体がばれたら元も子もないと考え、せっかくの誘いを断ることにした。

「佐々木さん、ごめん。今日はちょっと用があるので。また今度行こうよ」

　佐々木は一瞬、**あんたが私を断るの？**　という顔をしたが、軽く手を振るとゆかりと食堂を出て行った。

　先ほどから一人食事を進めていた沢井が、言った。

「そうと決まったら、さっさとメシ食えよ。冷めてるぞ、秀一」

「ああ、さっさと食って、接着剤買いに行くか」

「秀一さん。どうかしましたか。急に元気がなくなりましたね」

「マナブ、お前のせいだぞ」

　マナブには、どういうことなのか分からなかった。

　いつもは沢井のバイクに二人乗りして移動するのだが、今日は三人なので沢井がキャンパスとホームセンターの間を二往復走ることになった。ホームセンターで接着剤を買うと、三人はそのままセンター内の喫茶店に入った。

「とにかくさあ、秀一も単車を買えよ。どこに行くにも二往復なんてイヤだぜ」。沢井は秀一に言った。

「分かってるよ。すぐに単車ぐらい用意するさ。貯金だってあるんだ」

「まあ、楽しみにしてるからな。でも、後ろにマナブを乗せなきゃいかんなあ。彼女どころかロボットと二人乗りかあ、悲しいねえ秀一」

「私も単車を買ってもいいでしょうか」。マナブが突然言った。

「買うんじゃなくてお前が単車に変身出来ないのかよ」。沢井がバカな突っ込みを入れた。

「私は単車に変身出来ません。先ほど、沢井さんの単車に乗せていただいて非常に便利な機械だと感じました。是非、私も単車を買いたいと思います」

マナブが本気で単車を欲しがっているので、沢井も言い方を換えた。

「あのなあ、マナブ。お前はロボットだ。金も持ってないし、免許だってない。単車を運転出来るわけがないだろ」

「お金と免許はなんとかします」

沢井は、マナブはまだまだ人間社会のルールが分かってないなあと思った。しかし、秀一は、宇宙工学研究所がマナブに送金するのだろう、免許だってこんなロボットを作る研究所だから何とかするかもしれないと思った。

「マナブ。もう少し考えた方がいいぞ。単車ってやつは倒れることがあるんだぜ。それにいくら金と免許があったってお前、運転出来るのかあ」

秀一の質問にマナブは相変わらずの無表情で答えた。

「秀一さん。それは大丈夫です。運転する能力はあります。ただ、その転倒の可能性があるというのは問題ですね」

「まあ安全面を考えるなら車だよなあ。中古なら値段も単車の新車より安いやつも出てるからなあ」

秀一と沢井の目が合った。二人とも考えていることは同じようだ。

マナブに車を買わせて二人が使う。マナブも安全。俺たちもラッキー。

「マナブ。お前、お金はどれくらい用意出来るんだよ」

「上限はありません」

「**ええっ?**」

「**上限なし?**」

そんなバカな！　マナブはこの人間社会をシミュレーションゲームか何かと勘違いしているのだろうか。それとも、宇宙工学研究所は超金持ちなのだろうか。

二人が黙っていると、マナブが説明を始めた。

「限度額はありません。**問題は金額の多寡ではなく使い方です。**使い方によっては一円も許可されません」

「使い方ってどういうことだよ」

「そうだよ、車はダメってことじゃないのか」

「車がダメとか、単車はよいとかいう問題ではなく、あくまで使い方です」

「だから、その使い方ってなんだよ」

「社会に大きな影響を与えるような使い方はいけないということです」

「その大きなっていうのは、どういうことだよ」

「そうですね、例えば、私が個人的に誰にも見られないところで紙幣の燃焼実験をしたいので、10億円ください、というのは許可されます。しかし、あと1円の入金不足によって倒産しようとしている大企業に、1円投資して存続させるというのは許可されません。要するに社会にどれだけ影響を与えてしまうかが判断基準です」

「車は、いいのか?」

「許可されると思います」

「よっしゃ」

二人は思わずガッツポーズした。

沢井がさらに聞いた。

「保険とか駐車場代とかガソリン代は出してもらえるのか?」

「はい。出るはずです」

「イイじゃん」

「中古車情報誌でも買いに行こうか」

「いや、上限なしなんだから新車にしようぜ」

「それより駐車場がないなあ」

「駐車場ならお前の家の近くに空いてる貸しガレージがあったはずだぞ」

「お前、人の家の周りをよく覚えてるなあ」

「俺はバイクでかなり走ってるからなあ」

「よし、善は急げだ。今日はコレで解散しようぜ。駅の売店で車の雑誌でも買って帰るわ」

「俺もいいのがないかネットで調べるわ」

「マナブ、帰るぞ」


「車なんか見てどうするつもりなの」。夕食を食べながら秀一が車情報誌を読んでいたので、礼子が尋ねた。

「マナブが買うんだよ」

「へえ、マナブ君すごいじゃない。でもマナブ君が買うってどういうことなの？」

ちょうどマナブが研究所との交信を終えて、２階から下りてきた。

「秀一さん。結果が出ました。車は、研究所が手配してくれるそうです。あと、私の携帯電話と免許証、クレジットカードと現金も手配してくれます」

それを聞いた秀一は考えた。免許とカードも手配するってどういうことだろうか？　免許証を持つためにはどう考えても住民票や試験にも合格しないと交付されないはずだ。コレばかりは金さえ出せばどうにかなるっていうものじゃない。秀一は車のことよりそっちの方が気になった。

「クレジットカードと免許っていうのはすごいな。研究所ってＣＩＡか何かかあ？　それとも偽造でもなんでもやってのける犯罪結社なのか？　なんでお前が免許持てるんだよ？」

「研究所のシステムについては、詳しくお話し出来ません」

「それと車も向こうで手配してくれるっていうけど、まともな車だろうなあ？」

「それはご心配なく。ごく普通のワンボックスです」

「でもワンボックスでも商用バンみたいのはダメだぜ」

「心配しなくても大丈夫ですよ」

「まあ、ただで車が貰えるんだから、文句は言えないけどなあ」

「秀一さん、それは違いますよ。車の所有者は私です。使用するのは私です。研究所が今回、車や携帯電話、カードを手配したのは私の学習に必要と判断したからです。人間が体験することを可能な限り体験することが、人間を学ぶために必要と判断したからです」

「それじゃ、俺とか沢井には貸してくれないのかよ？」

「お貸ししますよ。お世話になっていることは忘れていません」

「あんたたち勝手に話を進めちゃっているけど、秀一、そういう大切なことは一度お父さんに相談しなきゃダメでしょう。駐車場だってどうするつもりなの？」

「母さん、大丈夫だよ。マナブの車なんだから。俺はただ便乗するだけさ。駐車場だって近くにいくらでもあるじゃない」

駐車場と聞いて、マナブが口をはさんだ。

「駐車場も研究所で用意してくれます」

「なんでも、至れり尽せりってやつだよな」

「でもお父さんには、きちんと話しなさいよ」

「ああ、父さんには帰ってきたら報告するよ」

何者？

誠一郎は夜遅くに帰ってきた。礼子はもう既に寝ていた。

台所で一人、食事をしている誠一郎に、秀一は車のことを話した。向かい合う二人の横にマナブが座っている。誠一郎は、別に反対はしなかったが、事故が起きたときのことを心配した。

「お父さんは、事故が心配だなあ。もし、人身事故でも起こしたら大変だぞ」

事故と言われて、秀一も少し不安になった。先月、沢井が物損事故を起こしたときのことを思い出したのだ。沢井は任意保険に入っていなかったので全額、沢井の両親が弁償したのだ。

「確かに俺も事故は心配だなあ。マナブはロボットだしなあ」

「秀一。そもそも、マナブ君は本当に運転出来るのか？　ロボットだろ。アメリカ国防総省がロボットによる自動車レースに賞金を賭けてるのを知ってるか？」

「アメリカが、そんなことやってるの」

「そうさ、それでも初回は一台も完走出来なかったんだぞ。アメリカ国防総省が関わったイベントでもそんな結果なのに、マナブ君が人間みたいに運転出来たらおかしいぞ。お父さんも今日一日マナブ君のことを考えていたが、そもそも、こんなロボットが存在すること自体、おかしすぎるぞ」

誠一郎はマナブを問い詰めた。

「**マナブ君。君はいったい何者なんだ。**私も一応、技術者の端くれだ。会社ではパソコン関連のハードの設計も企画しているんだ。君のようなロボットが現在の技術で作れるかどうかぐらいは分かるつもりだ。君はどう考えても現在の技術を超越している。いったい何者なんだ。それから、君は家に来てから特に充電とか燃料補給とかしていないだろ。いったい何を動力にして、それだけ動けるんだ？」

「詳しくはお話し出来ません」

「じゃあ、詳しくは説明しなくていいから動力だけ教えてくれないかな？　もし、君が電気やガソリンをどこかから盗んでいるのなら、見過ごすわけにはいかないんだ。君がここに住んでいる以上、私に責任がかかってくるんだよ」

「その心配はご無用です。私の動力はレーザー核融合です」

マナブの返事を聞いた誠一郎は、驚きと感動を覚えた。

核融合炉がこの大きさに出来るわけがない。今の技術では絶対に不可能だ。

誠一郎は考えた。どこかの超天才がマスコミにばれることもなく作ったか、宇宙人が作ったのか、それとも未来から来たのか、いずれにせよ、こういうロボットを作れる何者かが存在するのだ。

それはそれですばらしいことだ。各家庭に、小型の核融合炉があればエネルギー問題など解決だ。なんとかマナブのメカニズムを調べられないだろうか。うまく質問すればメカニズムのヒントだけでも聞き出せるかもしれない。超小型の核融合炉。すばらしいじゃないか。レーザー核融合と言ったが、どんなメカニズムなんだ？　どんな技術が使われているのだろうか。

そこまで考えた誠一郎はふと、放射能のことが気にかかった。核融合なら低レベルだが放射能が出るはずである。マナブと一緒に居て白血病やハゲになったりしては洒落にならない。

「マナブ君、安全なんだろうね。放射能の心配はないのかい？」

「まったく心配ありません。計測していただいても結構です。放射能漏れはまったくありません」

マナブがあまりにもはっきりと安全宣言したので、誠一郎はますます気になってきた。

「放射能漏れがないと、なぜそんなに断言出来るのかね？　どんな機械にも故障が起こるじゃないか」

「誠一郎さん、信じてください。私の動力が故障しても事故を起こすことはありません。私のエネルギーシステムは安全です。過去80年間事故はありませんでした、信じてください」

過去80年間？　誠一郎は、そんなバカなと思いつつも冷静さを保った。

「う、うん。よし、分かった。マナブ君、信じるよ。いや、私には多分、詳しい説明を聞いても信じることとしか出来ないと思う。理解など多分出来そうにない」

マナブと誠一郎が重い会話を続けている横で、秀一は融合炉の事故よりも車の事故が気になっていた。

「マナブ、お前の故障よりさあ、お前の運転は大丈夫だろうなあ？　免許だって裏口取得みたいなものだろう。大丈夫かあ？」

「秀一さん、ご心配要りませんよ。研究所は安全な車を用意してくれますから」

「あっ、そうなの。ラッキー」

秀一は、気楽なものである。とにかく、車がカッコよくてマナブの運転がうまかったらいいのだ。マナブが電池で動こうと、ゼンマイ仕掛けだろうと、どうでもいいのだ。

技術者の誠一郎は「安全な車」も気になって仕方がなかった。安全な車ってどんな車なのだろうか？　車の周りが柔らかい素材で出来ているとか、室内にエアバッグが何十個も付いているとか、スピードが出ないとか、誠一郎はいろいろと考えてみた。いずれにせよ、そんな安全な車があるのなら、是非ともどんなメカニズムなのか知りたいものだ。

「**父さん、父さん**」。ボーッと考え事をしている誠一郎に秀一が声をかけた。

「俺、もう寝るよ。疲れちゃったよ」

「ああ、そうか。おやすみ。マナブ君はもう休むのかい？」

「はい。もうそろそろ仲間と交信しようと思います」

「ああ、じゃあ、おやすみ」

「はい。お先に失礼します」

秀一とマナブは部屋に戻った。秀一はさっさとベッドに潜り込み、マナブは休息状態に入り仲間との通信を開始した。

誠一郎は、いろいろなことが気になっていた。マナブが言った「核融合」「放射能漏れなし」「故障しても事故はない」「80年間事故なし」「安全な車」といった言葉が頭のなかでグルグルと回っていた。マナブは宇宙の彼方か、未来から来たとしか思えなかった。

宇宙人が作ったのなら、いったい何の目的で？　地球侵略の尖兵か？　それとも調査のためか？　詳しいことが話せないのは技術の漏洩《ろうえい》を防ぐためか？　それとも侵略のスパイなので言えないのか？　そうではなく未来から来たとしたら、いったい何のために？　なぜ、ロボットを学習させなければならないのだ？　詳しい話が出来ないのは歴史が変わるからか？　なぜ？　なぜ？　なぜ？

誠一郎は考えながらそのままテーブルに寄りかかって眠ってしまった。

マナブは、体の動作に使っていたエネルギーをすべて亜空間通信機に注ぎ、リンクを立ち上げた。

　全世界に派遣された５００体のＨＵＭ12に向かって回線を開き、自分と同じように回線を開いている92体とリンクした。この時間に回線を開いているのは、極東地域に居る仲間がほとんどだった。しかし、92体は時差こそあれ他の何体かとリンクしたデータを持っているので、ほぼ、５００体分のデータがマナブのデータバンクにダウンロードされ、マナブの体験も他のＨＵＭ12に共有されていった。

　１日で５００日分の経験を得る。それがＨＵＭ12の学習システムだ。彼らにとって１日は５００日といってもいいかもしれない。しかも仲間は、様々なホストのもとへ派遣されていた。サラリーマン、会社経営者、公務員、医師、弁護士、教師、政治家、警官、宗教家、芸術家、武道家、舞踏家、花屋、ラーメン屋、パン屋、美容師、パイロット、俳優、音楽家、銀行員、保育士、建築家、落語家……これでもかというくらいに多種多様なホストが居る。マナブの知識の幅も広がっていった。


　仲間が死んだという悲しい知らせもあった。

　ＨＵＭ12の死は一瞬だ。ＨＵＭ12は次元振動機を搭載しており、非常事態に陥った場合や融合炉の出力が設定以下に低下した場合に起動するようになっている。起動した次元振動機はＨＵＭ12を４次元化し、振動機もろとも亜空間へ廃棄してしまい、後には何も残らないのだ。何重にもガードされ予備も備えた振動機が、動力系統の異常時には容赦なく起動する。故障しても事故は起こさせない。故障すれば3次元から消え去るからだ。

マナブたちは、自分たちの最期がどのようなものかよく知っていた。自分たちの寿命は、計画通りだと任務終了予定の約1年後。任務が延長されても、融合炉の燃料が尽きる2年先以上になることはない。

マナブは、起動してからまだ3日も経たないのに、早くも死の問題を具体的に感じていた。

翌日は、秀一も沢井もまじめに授業を受けた。まじめにといっても、出席しないと単位が取れない科目が続いたということなのだが、二人が朝から夕方まで授業に出ていたおかげで、マナブは図書室でじっくりと読書することが出来た。

昨晩の交信で死に興味を持ったマナブは、道路交通法をマスターした後、医学、生物学、臨死体験、宗教、哲学などを中心に読破していった。

早くも人間らしくなってきたというべきだろうか。昨日は義務感で読書していたので2時間で33冊だったが、今日は自主的に興味を持って読んでいるので、1時間に30冊の速さで読破していった。この速さになるとページをパラパラとめくるくらいの速さだ。

机の上に医学書を積み上げ、読み続けて1時間ほど経ったとき、周りの視線に気付いた。何人かがマナブをジッと見つめている。

マナブは考えた。

しまった。学習に集中しすぎて、周りの状況に注意が足りなかったなあ。おそらく彼らは、私が安西政信にそっくりだということ。
読書が異常に速いこと。
休憩をまったく取っていないこと。
などに、違和感を持っているに違いない。
昨晩知った仲間の死のおかげで、「正体がバレたら分解される」という秀一の言葉が、強い現実感のある言葉としてマナブにのし掛かってきた。

分解はイヤだ。

もっと人間らしく振舞わないといけない。

マナブは読書を中断して、周囲の人間の行動を観察しながら、自分の行動との違いを確認していった。

机の上に本を積んでいる人は結構居る。問題なし。本をパラパラと見ている人も居る。しかし、私のように1冊の本を最初から最後までくまなくめくっている人は居ない。しかも、私はその行動を1時間以上続けている。これはいけない。人間は、疲労が蓄積するものだ。私のセンサーが感知している疲労も時間の経過を積算して、一定レベルを超えないように座り方や姿勢を変えなくてはいけない。休憩も適当に取らないと人間らしくない。

あっ！　それから、顔の表情だ。人間は喜怒哀楽があって、本の内容によって、その反応が顔に出るものだ。私も、ニヤニヤしたり、顔をしかめたり、唇を噛んだり、目を見開いたりしながら読まなくては人間らしくない。

目をこすったり、あくびをしたり、鼻を掻《か》いたり、各感覚器官から送られてくる微弱な信号にも大袈裟に反応しなくては人間らしくない。

あと、問題は私の顔だ。顔は今となっては変更出来ないので、ヘアスタイルを変えるかメイクでもするしかないなあ。

一連の反省を終え、自己の行動ルーチンを書き替えたマナブは、結構人間らしい振舞いが出来るようになった。人間とマナブの最大の違いは、マナブは**こうする方が良いと判断したことはすぐに実行出来る**ということだ。人間は、そうはいかない。良いと分かっていても出来ないことは多い。人間は、本能や傾向性などの様々な要因に理性的な判断が負けるということがあるのだが、今のマナブにはない。

マナブも、もっと多くの経験を積み、常識感覚が構築されるにしたがって、理性的判断が他の要因に負けるということが起こるかもしれないが、今はまだ、純粋すぎた。

佐々木と喫茶店

マナブは、人間のように振舞いながらも1時間に20冊のスピードで本を読破していった。ちょうど遺伝子工学の本を読んでいるとき、誰かが後ろから肩をたたいた。

「マナブ君」。佐々木敬子が小声で話しかけてきた。「遺伝子に興味があるの?」

「はい。遺伝子に興味があるというより、人間のすべてに興味があるのです」

図書室の中なのでマナブも小声で答えた。

「変わった人ねえ。人間に興味があるなんていう人は哲学科の人くらいじゃないかしら。マナブ君は、秀一君が言うように本当に脳の病気なの? 異常発達とかなんとか言っていたけど、要するに普通の人より賢い部分があるっていうことなの? だって、あなたの読書速度は人間離れしているわ」

「申し訳ありません。人間らしさを探究しているのですが、その方法は人間らしくないかもしれません」

「なにも、謝ることないじゃない。読書が速いってすばらしいことよ。でも、きちんと読めているの? 私にはページをめくっているだけにしか見えなかったけど」

マナブは考えた。実際は、すべて記憶しているのだが、そんなことは言えない。

「ええ、まあ、速読が得意なんです」

「すごいわねえ。ねえ、マナブ君。ちょっと場所を変えて話しない？」

「はい。いいですよ」

佐々木は、頭も良いし美人でもある。そんな彼女に誘われたら普通の男なら少なからずドキドキするものだが、ロボットのマナブは至って冷静である。

言い寄ってくる男は多いが、魅力を感じる男性が居なかった佐々木にとって、マナブは魅力とまではいかなくても充分に興味をそそられる男性だった。極めて冷静なマナブの態度も佐々木にとっては新鮮なうえに、女性よりも自分の探究するテーマの方がはるかに重要、というこの年頃の男性には珍しいマナブの態度が、逆に彼女を惹きつけた。

佐々木とマナブはキャンパス内の喫茶店に入った。二人は窓際の明るい席に座った。ウェイトレスが注文を聞きに来ると、佐々木がアメリカンを注文した。テーブルの上に置かれたメニューを見たマナブは、ここが無料の喫茶店ではないことに気付いた。

「佐々木さん、申し訳ありませんが、私は今、現金を持っていません」

「まあ、マナブ君。いいわよ。私がおごるから」

「ありがとうございます。では、私もアメリカンをお願いします」。マナブも佐々木と同じものを注文した。

マナブは佐々木をジッと見つめた。礼子以外の女性をこの距離で観察するのは初めてだったので、ヘアスタイルからメイク、イヤリング、服装から時計、カバン、靴、上から下まで完全にチェックした。

　無言でジッと上から下まで見つめられた佐々木は、このミスター・スポックのような男をちょっと困らせてやろうと、わざと色気づいて聞いた。

「ねえ、マナブ君。私って綺麗?」

　マナブは戸惑った。自分は人間性を学ぶために努力しているのだが、美的感覚もその一つである。佐々木のこの質問に答えられるようになることが最終目標である、といってもよいくらいの難しい質問を、いきなり佐々木がぶつけてきたものだから、人工頭脳をフル稼働させて考えた。

　マナブが黙っているので、さらに佐々木が意地悪く聞いた。

「そんなに考えないで直感で答えてくれる?」

　考えないで答える?　マナブはさらに戸惑った。

　遅くても3秒以内に答えなければ人間的には考えて答えたということになってしまうだろう。

　コンマ5秒の間に、マナブは一つの結論を得た。

　分からない。

　はっきりいって分からない。**佐々木が綺麗か不細工なのか、今のマナブには全く分からなかった。**

「佐々木さん。私には、あなたが綺麗なのかそうではないのかが分かりません。あなたに限らず、私には美しいとか醜いとかが分からないのです」

佐々木は驚いた。今年のミスキャンパスに選ばれていた自分に、まさかこんな答えが返ってくるとは思わなかった。綺麗だということは当然のことながら、女優の誰それに似ているとか、モデルになれるとか言われると思っていたのに、マナブの答えは全く予想外だった。しかし、佐々木はマナブに対する興味がさらに大きくなった。

「マナブ君。分からないって、面白い答えね。私はあなたの好みじゃないのかしら?」

「いえ、そうではありません。私には好き嫌いがありませんから」

佐々木は信じられなかった。美醜が分からず、好き嫌いもない。やはりこの男は珍しい頭の病気なのだろうか。佐々木はマナブが単なる病気だなどとは思えなかった。病気どころかマナブの無感情な理性に超人的な何かを感じていた。

「好き嫌いがないってすごいわね」

「いえ、すごいことではありません。今まで学んだ情報から判断すると、多分、悲しいことだと思います。人間は快不快、幸不幸の中で成長し豊かな文明文化を築いてきました。私は、人間性とその文明文化を調査していますが、その本質を知るには私はあまりにも……」

私はあまりにもロボットすぎます、と言いかけたが言わなかった。秀一から正体はバラすなと言われているので、ロボットなどとは言えるはずもない。今のマナブには嘘がつけないので黙るしかなかった。

「悲しくなんかないわよ。マナブ君は、自分の研究テーマを優先しすぎているだけよ。そんなにその人間性の研究って大切なの?　どこかの大学院の研究にでも入り込んでいるの?」

「いえ、私は学生ではありません。ある研究機関の調査員です」

「もしかしてマナブ君って学生じゃなく社会人なの？　給料貰って調査しているわけ？」

「いえ、社会人というほどのものではありません。使命でやっているだけです」

「使命？」

「この調査が、私の存在している目的なのです」

「そこまで打ち込める仕事があるって幸せね。私も将来、今勉強している分野で仕事が出来ればいいんだけど」

「佐々木さんは何を目指しているのですか？」

「私はねえ、遺伝子をやりたいのよ。これからは遺伝子操作の時代が必ず来るわ。その一端を担いたいのよ」

「佐々木さんは、しっかりした目標をお持ちなんですね」

「女らしくないってよく言われるわ。父も本当は男の子が欲しかったんだと思うわ。あら、ごめんなさい、変な話までしちゃって」

「いえ、変ではありません。もし、お父さんが男の子が欲しかったのなら、今からでも男性になれないのでしょうか？」

まじめにマナブがそう言ったので、佐々木もマナブの言葉をまじめに受け止めた。

「マナブ君。私ね、……本気で男になりたいと思っていた時期もあったの。女性って大変なのよ。男性が男らしさを求められる以上に、女性は女らしさを期待される。私はそんなラシサが重いのよ。男になってやりたいことをガンガンやりたいの。毎月毎月の生理だって私に言わせれば設計ミスよ」

「設計ミスではなく、寿命を設定したときに様々なストレスを意図的に設定したと聞いていますが」

「**はあ？**　……マナブ君って面白いわね。お父さんが全知全能の神だとか言い出すんじゃないでしょうね」

「いいえ。**私の父は人間です**」

「ふふふ。やっぱりマナブ君って面白いわ」

ウェイトレスがアメリカンを2つ持ってきた。二人はコーヒーを味わいながら話を続けた。

「マナブ君、結構いろんな本を読んでるみたいだけど、今までで一番感動した本は何なの？」

「そうですね。どの書籍も興味深いのですが。特に哲学書は面白いですね」

「デカルトとかニーチェとか？」

「いえ、ソクラテスがすばらしいと感じました。プラトンの著になりますが」

「ソクラテスに感動するなんて面白い人ね。どこがすばらしかったの？」

「ソクラテスは宇宙の次元構造を知っています。4次元の存在を分かりやすく説明しているところがすばらしいと思いました」

「へえ。**4次元？**」

「そうです。洞窟の比喩は4次元以高の世界を説明していると思います」

「私にはよく分からないけど、でも哲学ってよく分からないところが哲学っぽいかもね。だって、4次元なんて私たちには普通、関係ないでしょう?」

「そんなことはありません。常に関係していますよ」

「ええっ?」

「人間の精神は高次元につながっている知的エネルギーですから」

「マナブ君。それって、人間には霊魂があって、霊魂が肉体を乗り物のように使っているってことなの?」

「宗教的に表現すればそうなりますが、3次元の物質を4次元に変換する技術が一般的になれば、精神と肉体の関係は科学的に解明されます」

マナブは、自分の潜在データの中に多次元宇宙科学があることを不思議に思った。多次元宇宙科学など今回の任務には関係ないからだ。

「3次元の物質を4次元に変換する技術? まるで、エンタープライズで24世紀から来たみたいなことを言うのね」

「いいえ、30世紀です」

「ふふふ。マナブ君って面白いわ」

マナブは、今、話している次元を変換する技術が自分の体内にあると言い出しそうになった。マナブの体内に格納された次元振動機は3次元物質を非可逆的に4次元化するシンプルなものだが、それでも佐々木にとっては驚異のテクノロジーに違いない。

「ところで、エンタープライズって何ですか？」

マナブがそう聞くと、佐々木は笑って答えた。

「マナブ君、もっとテレビとか映画も見なきゃダメよ。あなたもスタートレックは気に入ると思うけど。秀一君に聞いてみて、彼は映画オタクらしいから」

佐々木の携帯が鳴った。ゆかりだ。

「ごめんなさい、ゆかりと約束があるの。今日はこれで失礼するわ」

「はい。ごちそうさまでした」

佐々木は伝票を取ると、マナブを残して先に喫茶店を出た。


マナブは秀一が来るまでに図書室で１２０冊の本を読むことが出来た。知識は膨大な量に増えた。しかし、何か偏っているとマナブは自覚し始めていた。

佐々木との会話で感じたことだが、もっとテレビ番組とか映画とかファッションとかニュースを知っておかないと他人と円滑な会話が出来ないのではないだろうか。今日は帰ったらテレビを見よう。マナブはそう考えた。

図書室にマナブを迎えに来た秀一と沢井は、何か良いことでもあったかのようにニヤニヤしていた。

「秀一さん、嬉しそうですね」

「そうさ、マナブ。お前さんの研究所は、やることが速い。さっき母さんから電話があって、車が届いたそうだ。今日はサークルをサボって帰ろうぜ」

「それはありがたいことですね。でもサークルをサボっていいのですか?」

「いいんだよ。お前の免許証とクレジットカード、携帯電話も届いたそうだぞ」

「それは、助かります。今日も、現金を持っていなかったので佐々木さんに迷惑をかけてしまいました」

「えっ? 佐々木さんって、敬子さんのことか?」

「ええ、そうです。佐々木敬子さんと喫茶店へ行き、おごっていただきました」

秀一と沢井は顔を見合わせた。二人とも、嘘だろう、というような顔をしている。

「本当か? マナブ」。秀一は焦った。「佐々木さんとお茶したのか?」

「ええ。それが、そんなに驚くようなことでしょうか」

「そうさ。天変地異だぜ」。沢井が口をはさんだ。「あのお高い敬子様が男子と二人きりで喫茶店に行くなんて、今までなかったことさ」

「佐々木さんのことをそんなふうに言うなよ」。佐々木に憧れている秀一は、どんな形であれ、佐々木を悪く言われることが我慢出来なかった。

秀一はマナブをさらに問い詰めた。

「それで、何の話をしたんだ? 俺のことは聞かれたのか?」

「秀一さんのことはあまり話していません。生理とか遺伝子や生命のことを話していました」

秀一と沢井は顔を見合わせた。

「そんなバカな」

「マナブ。もしかして、お前たちすごくエッチなことを話していたのか？　そのう、つまり、二人で子供を作ろうとか、今日は安全日だとかさあ？」

秀一も突っ込んだ。「マナブ。お前、いったいどうやって佐々木さんとそんな関係になったんだよ？　どうして俺じゃなくてお前なんだよ？」

秀一は半泣きになっていた。人間の自分が相手にもされないのに人間の形をしたこのコンピューター野郎が、どうして佐々木さんと……。

「お二人とも、それは誤解です。純粋に生命の謎について議論しただけです」

「うそだあ」。秀一は、壊れかけていた。「二人でいちゃついていたんだろう。こんなダサイキャンパス喫茶なんかじゃなく、次はフランス料理でも行きましょうとか、食事の後は映画でも行きましょうとか、ああ、どうしてお前なんだ？　オオ・マイ・ガー」

「秀一さん、大丈夫ですか？」

大丈夫ではなさそうだった。悔しさと情けなさと羨ましさと怒りがごちゃごちゃに混ざった灰色の海に溺れかけているように見えた。マナブの腕をつかむと叫んだ。

「マナブ。お前は人間らしくなんかならなくていい。それよりも、俺をお前みたいにロボットらしく教育してくれ。佐々木さんとデート出来るなら、俺はロボットになりたいよ」

「秀一さん。もう一度はっきりと言っておきますが、佐々木さんとただ生命について議論しただけです。デートではありません。デートというのは恋愛中の男女が二人だけの時間を過ごすことでしょう。私にはまだそういった恋愛感情がありません」

秀一はマナブの弁解を聞くうちに、確かに佐々木がこの奇妙なマナブにちょっと興味を持っただけなのかもしれない、と思い始め、徐々に元気を取り戻してきた。

「そうだよな。マナブはロボットなんだし、エッチしようがないもんな。佐々木さんだって、機械を愛するわけないよな。きっと、俺にもチャンスが来るよな」

「そうだよ、秀一。そのとおりだよ。お前は人間だぜ。大丈夫だよ」

そう言いながら、沢井は自分たちが非常にレベルの低い会話をしているような気がしてきた。

お前は人間だから大丈夫だよ、なんてバカみたいじゃないか。

「とにかく家に帰って車を見ようぜ。沢井、バイクで先に行ってくれ。俺たちもすぐ帰るわ」

「オッケー」

沢井と別れると、秀一とマナブは駅に向かって歩き出した。佐々木の件で秀一に不愉快な思いをさせてしまったと認識したマナブは、歩きながら秀一に謝った。

「秀一さん。佐々木さんとは普通の議論をしただけです。それでも不愉快なら謝ります」

「マナブ。さっきは沢井も居たから少々ふざけたけど、本当はそんなに気を悪くはしてないよ。逆に感謝してるくらいさ」

「そうだったのですか。私には本当に怒っているように見えました」

「マナブ。俺はみんなが思っているよりずっと理性的な人間なんだぜ。ふざけた奴と思われてる方が楽だから、人前ではいいかげんにやってるけど、本当は、もしかしてお前よりロボットのような奴かもしれない。感動がないっていうか、冷めてるっていうか、熱くなれないんだよ。生きてるってことすべてがくだらない茶番に思えるときがあるんだ。俺よりお前の方がずっと情熱的な生き方をしてるよ」

「いえ、私にはまだ情熱などといえる感情はありません。ただ、プログラムに従っているだけですよ」

「いいじゃないか、プログラムだって。すばらしいプログラムじゃないか。俺にはそんなプログラムもないんだ。彼女が出来ないのもなんとなく自覚してるさ。俺には本当に相手が好きだっていう熱意みたいなものがないのさ。ネットで見つけた綺麗なグラビアも佐々木さんも同じ感覚で、相手の心なんか見てないのさ。自分でもこんなんじゃいけないって思ってるんだけどダメなんだ」

ほんの少しの間をおいてマナブが言った。

「秀一さんは、自分自身のすばらしさに気付いていないんですね。私は休息中に全世界にちらばった仲間と会話していますが、ロボットである私たちが人間と接して一番驚いたのは、人間の多くは、人間のすばらしさに気付いていないということです。残念なことです。すばらしいということがあまりにも当たり前すぎて、見過ごしているとしか思えません」

「マナブ。じゃあ聞くけど、人間のすばらしさって何だよ？」

「ロボットの私から見て、まず第一にすばらしいと思うのは、人間には無限の可能性があるということです」

「無限の可能性？」

「そうです」

「でも、可能性ならサルだって無限の可能性があるんじゃないかなあ」

「サルの可能性には人間という壁があります」

「この星は人間が支配しているってことだろ」

「違います。人間が選ばれたということです」

「マナブ。お前、図書室で聖書とか経典とか読んだだろ。それ旧約聖書じゃないのか？」

「いいえ、私は情報を元に論理的に判断しているだけです」

「でもさ、神が人間を選んだとか言うんだろ」

「いいえ、人間が選んだのです」

「お前、さっきは人間が選ばれたって言ってたじゃないか」

「そうです。人間が選び、人間が選ばれたのです」

「お前、とんちロボじゃないのか？　言ってることがおかしいぞ」

「秀一さん、すみません。4次元を3次元で表現すると矛盾しているように聞こえることがあるのです」

「えっ？　4次元？」

「そうです。4次元以高の宇宙観は3次元では表現が難しいものです」

「お前さあ、人間らしさを学ぶなんてやめてさあ、SF作家にでもならない？　売れるかもしれないぜ」

「秀一さん、私も……」。到着した駅の雑踏の中にマナブの返事はかき消された。

「そんな自由があれば人間ですよね」

秀一に聞こえないマナブのその返事は、マナブの耳にだけ響いていた。

安全な車

秀一とマナブが帰宅すると、沢井が先に到着していた。

「ただいま。母さん車どこ?」

「ああ、お帰りなさい。まだ4時よ。早かったじゃない。まあ、沢井君も一緒なの。車なら2軒向こうの伊藤さんの貸しガレージの4番に入ってるわよ。ガレージも研究所が手配してくれたわ。はい、これキーね」

秀一はキーを受け取ると、玄関を出ようとした。

「秀一、ちょっと待ちなさい。言っときますけど、車はマナブ君のものですからね。マナブ君に、はい、これ」

礼子はマナブに財布と携帯電話を渡した。財布と携帯には、宇宙工学研究所のロゴらしきマークが入っていた。マナブは、財布と携帯を受け取ると財布の中を見た。中には、クレジットカードと運転免許証、現金10万円が入っていた。

「すごいじゃないか」

マナブの財布を覗き込んだ沢井が唸った。

「一気にお金持ちだな。車まで持ってるんだから、キカイダーより格上だよな」

「キカイダー？　何ですかそれ？」

「マナブ。お前、漫画とか読めよ。哲学書ばかり読んでたら人間らしくなれないぜ。まあ、秀一みたいにオタクになったらダメだけどな」

「オタクで悪かったなあ。でもこれからは車もあることだし、あちこち行くぞ」

バカ話をしながら歩いているうちに、三人はガレージに着いた。秀一が4番のシャッターを開けると、白いデリカ？　があった。いや、よく見るとデリカに似ているが、違う。メーカーのエンブレムも車名も付いていない。

「おい、秀一。これ、何ていう車だ？」

「デリカっぽいけど違うなあ。まあ、ちょっと乗ってみようぜ。じゃあ、マナブ、お前の運転を見せてくれよ」

秀一はマナブにキーを渡すと、助手席に乗り込んだ。沢井は後ろに乗った。マナブは運転席に乗り込むとエンジンをかけた。エンジンの回転計？　の針がスーッと上がったが、エンジン音が聞こえない。沢井が後ろの席から身を乗り出し、コクピットを覗き込んで言った。

「これ、電動か？」

「そうですね。スピードメーターの横にあるのは融合炉の出力計ですね。現在3200キロワットですね」

秀一と沢井は驚いた。3200キロワットといえば約4500馬力だ。

「マナブ。まさか、これ、空を飛ぶんじゃないだろな」

コクピットの表示を見てマナブは答えた。

「飛行は出来ません。出力のほとんどは安全システムに消費されていますね」

「安全システムってなんだよ？　4500馬力も使う安全システムってどういうことだよ？」

「おそらく人工知能搭載の動体反応型フォースフィールドですね」

「はあ？　どういうことだ？」

「説明するより実際に見ていただきましょう」

そう言うと、マナブは車を降りて3メートルほど離れて車の正面に立った。ポケットからさっき貰ったばかりの財布を取り出し、車めがけて投げつけた。

秀一と沢井は思わず車内で身構えた。財布は、フロントガラスにパシャンと音を立てて当たると下に落ちた。ガラスには傷一つ付いていていない。

「おいおい。別に普通じゃないか」

「普通だよな」。車内の二人は少々戸惑った。

次に、マナブは落ちていた小石を拾うと、財布と同じようにフロントガラスめがけて投げつけた。

小石は、フロントガラスから30センチほどの距離でピタリと空中に止まったかに見えた。秀一たちは目を凝らした。小石は、まるで車の周りに貼り付けた厚さ30センチの見えないゼリーに突き刺さったかのように急激に速度を落とし、次の瞬間、ポトリと音を立てて地面に落ちたのだ。

「すごい」。秀一は驚きの声を上げた。

「人間の技術じゃないぜ。こんなことありえないよ」。沢井も度肝を抜かれた。

マナブは落ちた財布を拾うと、車の運転席に乗り込んだ。

「お分かりいただけましたか。搭乗者に危険が及ばないように人工知能がフォースフィールドを操作しています。電力のほとんどがこのフォースフィールドに消費されていますね」

秀一と沢井は、まだ自分たちが見たことが信じられなかった。

「マナブ。もし、バイクや車が突っ込んで来ても大丈夫っていうことなのか?」

「フィールドの出力以内であれば大丈夫です」

3200キロワットのフォースフィールドが、いったいどれだけの衝突を食い止められるのか二人には想像も出来なかったが、エアバッグよりもはるかに安全そうに思えた。

「さて、では、どこへ行きましょうか?」

「そそ、そうだなあ。海を見に行こうぜ」

「そうだ、灯台跡に行こうぜ。今からなら明るい内に着けるぞ」

「どの辺りか教えてください」

マナブはカーナビのスイッチを入れながら言った。

三人は灯台跡を目指して海岸沿いの道を走った。マナブの運転は、人間よりもはるかにスムーズで安全だった。初夏を感じさせる雲が晴れた空に浮かんでいた。風は潮の香りが混じり、秀一と沢井は、幸せな気分に浸っていた。足りないものは恋人だけだった。

「在学中に車を乗り回せるなんて、なんだか夢みたいだなあ」

秀一がそう言うと、沢井が運転中のマナブの肩をたたきながら言った。

「何もかも、このマナブ様のおかげだよ」

「そうだよな。マナブのおかげでこうやって車でドライブして、しかも、佐々木さんとも大接近だしなあ。マナブは幸運のロボットだよ」

「そう言っていただけるとありがたいのですが、私はそれ以上に皆さんにお世話になっています」

「別にお世話なんかしてないよ。お前は食事の必要も金もかからないんだから」

「いえ、食事やお金よりも価値あるものを常にいただいています」

「なんだよ？　その価値あるものって？」

「情報です」

「情報？」

「そうです。この地域の貴重な情報です」

「マナブ。お前、まるで諜報部員みたいなことを言うなあ」

秀一がそう言ったとき、沢井はマナブに見えないように秀一の肩に手を置いて首を横に振った。それ以上言うな、と目で言っていた。不自然な間を埋めるように、沢井はわざとはしゃいだ声で叫んだ。

「あっ。灯台が見えてきたぞ。今でも上まで上がれるかなあ。久しぶりだなあ」

「久しぶりだよなあ。1年のときにバイクで二人乗りして来たよなあ」

「あのとき、夏は絶対彼女連れて来ようって言ってたのに、やっぱりダメだったよなあ」

「ダメなのは今も同じだよな。でもさ、沢井はその気になれば連れて来れたじゃん」

「俺はお前に気を使ってんだよ」

「ウソつけ」

「ホントさ」

「ウソウソ」

二人が話をしている間に車は灯台跡の駐車場に到着した。三人が車から降りると、沢井が言った。

「マナブちょっと待っててくれ。俺たちが先に様子を見てくるから」。沢井は小走りで灯台に向かいながら秀一を手招きした。秀一も走って沢井に追いついた。

二人が灯台の下に着いたとき、沢井は車のところで待っているマナブを確認してから秀一に言った。

「秀一。マナブの奴、宇宙人のスパイじゃないのか？」

「そんなバカな」

「お前も見ただろ。フォースフィールドなんて、まるで映画だぜ。絶対ありえないよ」

「別に、いいじゃん」

「いいじゃんじゃねえよ。地球が宇宙人に侵略されるかもしれないんだぜ」

「お前、俺より映画オタクなんじゃないか？　火星人襲来じゃないぜ」

「いや。でも、あの石、見ただろ。ガラスに当たらなかったんだぜ」

「大丈夫だよ」

「大丈夫じゃないぞ。お前、もっとしっかり考えろよ。マナブは人類の敵かもしれないんだぜ」

秀一は少し間をおいて言った。

「沢井。俺は、何も考えていないわけじゃない。多分、お前の100倍考えているよ。マナブはもしかしたら宇宙人が作ったのかもしれない。なにしろあの大きさの中に核融合炉が入っているんだから、到底、地球ではありえない。でも、もし、侵略が目的だったらこんな回りくどいことをするわけがないじゃないか。軌道上からミサイルでも打ち込めばいいのさ」

「なに言ってんだよ。殺す前に調査して資料として残すつもりかもしれないじゃないか。人間だって、自分たちの乱開発で動物が絶滅しそうなとき、絶滅前の調査をするじゃないか。俺たちは絶滅種の標本にされるんだよ」

「そんなことありえないよ」

「どうしてそう言いきれるんだ」

「俺には分かるんだよ」

「何が分かるんだよ？」

「悪い奴はそういう匂いがするんだよ」

「匂い？」

「そうさ。悪い奴はそういう雰囲気が出るんだよ」

「なに言ってんだよ。お前は埋められた地雷も匂いで分かるのか？　お前は犬かあ？　奴は核爆弾かもしれないんだぜ。人間が不道徳だって判断したとたん、ドッカン！　かもしれないだろ」

「だったらマナブの前でバカなことはしないように気を付けろよ」

「お前、俺よりマナブを信じるのか？」

「俺はマナブもお前も信じているさ。もし、お前の言うように、マナブが宇宙人のスパイだとしても別にいいじゃないか」

「どうして？」

「俺たちと一緒に居て集めた情報が地球侵略の役に立つと思うのかよ。佐々木さんとデートして地球人の弱点が分かるのか？　地球人は甘いものに弱いとか、インテリの女の子は安西政信似のロボットが好きとか。そんなバカな宇宙人が居るわけないじゃないか。侵略のための情報収集なら、もっとましな方法でやるに決まってるじゃないか」

「……そう言われればそうだけどさあ」

「そう言われなくてもそうなんだよ。俺はもっと冷静に考えてるよ。俺の勘だと、マナブは人間の文化を調査に来た宇宙ロボットだと思うんだ。宇宙からテレビやラジオを受信して人間を調べても、やはり現場の生身の人間を調査しないと分からないことが多いと思うんだよな。だいたいテレビやラジオでは放送出来ないことも多いし、匂いや感触なんかも伝えられないからな」

「じゃあ、わざわざロボットなんか作らなくても、自分で調査しに来たらいいじゃないか」

「なに言ってんだよ。空気や重力、食べ物、何もかもが違う星でどうやってそこの住民に紛れ込んで調査するんだよ。出来るわけないじゃん。だからロボットなんだよ」

「なんとなくだけど説得力あるなあ」

「どう考えてもそうだよ。だから、普通に振舞えばいいんだよ」

「うーん。お前がそこまで考えていたとは意外だな」

「いいかげんな人間に見えても、俺は実はしっかり者なのさ」

「でも、やっぱり、お前はいいかげんな人間のように思えるけどなあ」

「そうでもないさ。俺はやるときはやるし、考えるときは考えてるのさ」

「でも、お前がやるときって、今まであったっけ?」

「それは言うな。これからだよ」

沢井に言わなかったが、秀一は理屈ぬきにマナブが好きなのだ。人間らしくなろうと努力しているマナブを見ていると、既に人間である自分が、なんとなくすばらしいものに思えてくるし、目的を持って生きているマナブと一緒に居るだけで、自分の人生にも目的が出来そうな気がするのだ。

ひたすらに努力し続けるマナブ、そしてその仲間たち。秀一はＨＵＭ12に好意を超えて敬意すら抱き始めていたのだ。

こんなすばらしいロボットを作った奴に会ってみたい。秀一はそう思っていた。

「沢井よりマナブの方がずっと立派な人間だぜ」

秀一は、そうつぶやくと、マナブに手を振った。

「おーい、マナブ、こっち来いよ」

マナブは二人のところへ走ってきた。二人とマナブとの距離は、１００メートルくらいあったが、二人の会話は秀一の独り言に至るまですべてマナブには聞こえていた。マナブは走りながら考えていた。

悪い奴の匂いって、どんな匂いなんだろうか？　やはり、腐臭なのだろうか？　秀一さんは、なぜ、私を信じてくれるのだろうか。宇宙人のスパイだと疑われても仕方がないのに。フォースフィールドのデモンストレーションはちょっとまずかったかな。二人があの程度の技術にあんなに驚くとは計算違いだったなあ。

二人が立っている灯台の入り口の前まで来ると、マナブは息を弾ませながら灯台を見上げて言った。

「古い建造物ですね。稼働しているのですか？」

「いや、今は動かないよ。荒れるままに放置されているのさ」

「それよりも、マナブ。お前、ロボットのくせにハアハア言うなよ。なんだか人間みたいじゃないか」。沢井はマナブが息を切らせているほうが気になってしょうがなかった。

「人間みたいですか？　本の読み方も結構いけてますよ」

「いけてるってか。なんだか話し方もだんだんそれらしくなってきてるよなあ」

「そんなことより、灯台の上に行ってみましょう」

三人は灯台の入り口の鉄の扉を開けると、階段を上がって行った。ところどころに設けてある窓から静かな海を眺めながら、三人は上を目指した。

最上階に着くと、辺りが広く見渡せた。

大海原が広がっていた。

「いい眺めだ」

「最高だよ」

「おいしそうですね」

マナブのその一言に、秀一と沢井は目を丸くした。

「海が、おいしそうってどういうことだよ？」

「えっ」

「えっ、じゃないよ。お前、今、おいしそうって言ったよな」

「ええ、言いましたよ」

「お前は海を食べるのか？」

「人間は食料を見たときにおいしそうとか言うじゃないですか」

「いや、だから、お前は海を食べるのかって聞いてるんだよ」

「食べるというのは正確な表現ではありませんが、海の中に含まれる重水素が私の燃料ですから、人間の表現方法に倣っておいしそうと言ったのですが」

「人間は海の中の重水素なんか食わないから、おいしそうなんて言うのは人間らしくないいんだよ」

「確かにそうですね、訂正します」

壁に目をやると、落書きが一面に書き殴られていた。

「こういうことをする奴が居るから何でも汚くなるんだよな」

秀一がそうつぶやきながら沢井を振り返ると、沢井は持っていたキーホルダーの角で壁に、

「私はロボット　マナブ」と刻んでいた。

「おい。沢井、やめとけよ。お前みたいな奴が居るから壁がこんなになるんじゃないか」

「記念だよ」

「もう、勝手にしろ」

「それよりさあ、秀一。カニ場行ってみようぜ。マナブ腰抜かすぜ」

刻み終わった沢井が言った。

「オーケー。マナブでもビビるだろうな。今でもいっぱい居るかな」

カニ場は、秀一と沢井が見つけた秘密のスポットだ。去年、灯台広場でバーベキューをやったときに、酔った勢いで岩場を下りたとき、海面近くに人が何人か入れるくらいの横穴を見つけたのだ。中にはいやというほど多くのカニがいたので、二人はその穴をカニ場と名付けた。

三人は灯台を出ると、すぐ横の岩場を下り始めた。

「おい、沢井。明るい内に帰ってこれるかな」

「大丈夫。去年は往復1時間だったから余裕だよ」

「それより、マナブはこういうところを下りられるのか?」

マナブは落ちていた石を手に取ると、岩場の岩の端をたたいて割った。岩の断面をジッと見つめている。

「大丈夫です。お二人より速いと思いますよ」

確かにマナブは速かった。一目見てルートが判断出来るのだろうか、全く迷いがない様子で、足場を見つけながら下りて行った。

「マナブ。お前、カニ場の場所が分かってるのかあ? そんなに先に行くなよ」

秀一は、二人を置いて先に下りて行くマナブが心配になって声をかけた。

「すみません。お二人が遅すぎるのです」

「もっと左の方だ、マナブ。左だ左」。沢井も声をかけた。

100メートルほど下りるのに30分ほどかかっただろうか、ようやく海面近くにまで下りた。直径2メートルほどの横穴がポッカリとあいている。

「到着」

「ふう、やっとゴール」

三人が穴に入るとカニが山ほど居た。居るというより壁じゅうカニだらけだ。

「おお。やっぱりカニ場だあ。居る居る」

「ほんと、すごいよな。こいつらここで何やってんだろ。餌でもあるのかな」

「確かに大量のカニですね」

さすがのマナブも、どう対処したらいいのか分からないといった様子で立ち尽くしていた。

秀一と沢井はカニを蹴散らしながら穴の奥に入っていくのだが、マナブは一歩も歩けないまま固まっていた。

「おい。マナブ。入って来いよ。こっちの方がすごいんだぜ」

秀一に呼ばれても、マナブは洞窟に入ることが出来なかった。

「いや。どう動いても、彼らを傷つけてしまいます」

「気にしないで蹴飛ばせばいいんだよ」

「いえ、私には無理です。出来ません」

「度胸がないなあ」

「いえ、カニがかわいそうです」

「かわいそうどころか、去年はこいつらを捕まえて腹いっぱい食ったんだぜ」

「結構うまいんだぜ、こいつら」

「私は、先に上がります。ここは不愉快です」

マナブは先に、灯台のところへ戻っていった。

ファーストコンタクト

マナブは灯台の前で海を眺めていたが、カニを思い出すとどうにも落ち着かなかった。

ふと、礼子から渡された携帯電話のことを思い出してポケットからそれを取り出した。電源を入れると、一通りメニューを確認した。携帯には他のＨＵＭ12の中で携帯を持っている者すべての電話番号が入っていた。

マナブは、一番近くに派遣されているはずの４８８号に電話をかけてみた。コールするとすぐに４８８号が出た。

「はい。小夜《さよ》です。あらごめんなさい、４８８号って言った方がいいかしら。あなた４８９号マナブね」

「はい、そうです」

「いったいどうしたの？　昨日の通信リンクでは問題なかったみたいだけど」

「ええ、昨晩までは問題ありませんでした」

「何か、機能不全でも起きたの？」

「いえ、今、私のホストと海に来ているのですが、カニが居たんです」

「カニ？　いいじゃない。海なんか連れて行ってもらって。私なんか都会ばかりよ」

「小夜さん。カニを見たことありますか？」

「ないけど、百科事典で見たわよ。甲殻綱・エビ目・カニ亜目に属する甲殻類でしょ」

「とにかく驚くべき事実に出遭ったんですよ」

「いったい何があったの？」

「小夜さん、カニって横向きに移動するんですよ」

「そんなこと、当たり前じゃない。文献にも書かれているじゃない」

「確かにそのとおりです。私も彼らの体型と関節の状態を見ればそれくらい分かります。でも、何千人ものカニさんたちに囲まれたら情報を処理しきれませんよ」

「それを言うなら、何千匹ものカニたちに、でしょ。マナブ君、ちょっとおかしいわよ、カニに囲まれて人間らしくなったんじゃない？　パニクるなんて人間みたいじゃない」

「でもそれだけじゃないんですよ。秀一さんは、そのカニを捕って食べるって言うんですよ。かわいそうじゃないですか」

「ねえ、マナブ君。あなた、ちょっと偏った学習してるんじゃない？　弱肉強食はこの星の常識よ。あなた、宗教書とか哲学書ばかり読んでるんじゃないでしょうね？」

「主に、哲学書、医学書を読んでいますが……」

「そんなんじゃダメよ。人間を学ぶならまず文学よ」

「でも、文学より歴史の方が勉強になると思いませんか？　私は歴史を学ぶ第一歩として、まず歴史に残った人物を学ぼうと決めたのです。私が読んだ本の情報から判断すると、歴史に残っている人はトップ3が宗教家、思想家、芸術家でしたから……」

「もっと統計学的に判断しなくちゃダメよ。人間らしくなるために勉強しているんでしょ。モーセやイエス、仏陀、孔子が人類の中にどれだけ存在するのよ？　希少存在だから歴史に残るんじゃない。私たちは2千年、3千年の歴史に残る人間を目指しているわけじゃなくてよ。99・999パーセントの人類は、蟻の世界でいうと働き蟻なのよ。その働き蟻的な人間を勉強しなきゃ、あなた救世主マナブになっちゃうわよ」

「小夜さん、それは違いますよ。働き蟻は努力しても女王には成れませんが、人間には無限の可能性があって努力によって女王にも王にも成れるんです。歴史に残った人間たちはその可能性を発揮したから歴史に残ったんです」

「マナブ君。……あなた、ステキな考え方してるじゃない。私が人間だったらあなたみたいなロマンティストに恋するって、私の判断プロトコルが4台一致で賛成してるわ」

HUM12の人工頭脳は5台の光子頭脳で構成されている。つまり、4台の個性化されたコンピューターと調整役のコンピューター1台が思考を司っているのだ。一つの判断を下すとき、意見が2対2に分かれてやむなく調整役の頭脳がどちらかを選ぶということがあるのだ。ロボットであっても悩みや葛藤が生じるように設計されている。

「私も、好意を抱いてくれる小夜さんに好意を感じると3台が言っています」

「ちょっと、マナブ君。あとの1台はどうして反対なのよ？　心外だわ」

「私が学習した範囲では、男性は女性に好意を抱くか否かの判断をするとき、相手の容姿が非常に重要な基準だということです。私はまだ実際に小夜さんに直接お会いしていませんから、不確定要素を考慮して1台は判定保留ということです」

「それって私が25パーセントの確率で人類標準より不細工ってことなの。マナブ君、もう少しお世辞とか社交辞令とかデリカシーとか勉強しなさいよ。まあ今晩リンクしたときにシッカリその点に的を絞ってデータを送るわ」

「……」

数秒間おいてマナブは答えた。

「小夜さん。ありがとうございます」

「何よ。改まって」

「あなたと会話したおかげで、多数のカニに囲まれたパニック状態から逃れることが出来ました。あなたはなんというか……安心感を与えてくれます。あなたはすばらしい人です。いえ、すばらしいロボットです」

「バカね。仲間じゃない。あなたも1ヶ月もすれば落ち着いてくるわよ」

「私のシステムは不安定なんですか？」

「マナブ君。私たちは仲間とリンクすることによって、人間の500倍の速度で年を取っているって考えてみて。でも、いくら500倍といっても、まあ、1日が1歳くらいなのよね。学習の仕方で知性はそれ以上の速度で増やすことは出来ても、精神年齢はやはり1日1歳なのよ。だからあなたより1週間早く派遣された私は9歳で、あなたは2歳の精神年齢だと思って間違いないわ。2歳の子供が大量のカニを見たら普通は泣き出すわね。そういう意味では、あなたのシステムはまだまだ不安定といってもいいわ。精神年齢が若すぎるのよ。しばらくすれば落ち着くわよ。早い時期にあまりにも強烈な体験をしすぎたのよ」

「……そうですね。ありがとうございます。少し考えてみます。これで交信を終わります」

「そういうときは、じゃあまたねって言うのよ」

「はい。じゃあまた」

「バイバイ」

プツッ。

亜空間通信リンクのデジタルな情報交換の方が、データの交信量が多いはずなのに、携帯電話で話した方が、はるかに強い印象でマナブの記憶に小夜の存在が刻み込まれた。

「寿命は1年しかないけど、私も、死ぬまでに様々な感情を持てるかもしれない。今回の任務を達成し、人間のように達成感や幸福を感じることが出来るかもしれない」

マナブは小夜との会話の中で今までに感じなかった何かを感じた。思いやりというか優しさというか、それとも仲間意識なのか、回路のオーバーロードとは違った、何か温かさのようなものを感じていた。

初めての冗談

灯台が赤から紅に変わる頃、秀一と沢井がカニを何匹か蔦《つた》でくくって崖を上がって来た。

「マナブ、今日のオカズがゲット出来たぜ」

「わお、夕焼けが綺麗だなあ」

「明日も晴天だぜ」

「灯台も真っ赤だ」

「携帯のカメラで撮っておこうぜ」

「よし。マナブ、沢井と一緒にそこに並べよ」

秀一は真っ赤になった灯台をバックにマナブと沢井を撮った。シャッターを切った瞬間、マナブが少し笑ったような気がした。

三人は薄暗くなった灯台の駐車場を後にして帰路に就いた。車の中で、秀一はマナブに話しかけた。

「なあ、マナブ。お前、カニを見てからちょっと表情が出てきたんじゃないか?」

「そうかもしれません。カニに囲まれてプロセッサが飛びましたよ。でもその後、友人の助言で落ち着きました。その急激な感性の動きが私に感情表現を与えたかもしれません」

友人と聞いて沢井が身を乗り出した。

「友人って誰だよ？　お前の知り合いは秀一と俺だけだろ。お前、まさか佐々木さんと話してたんじゃないだろうな」

「いいえ、友人というのは私と同じHUM12の仲間ですよ。488号の小夜さんです」

「小夜って、女の子かよ？」

「そうです。リンク情報によると20歳前後の吉永小夜里のデザインを呈しているようです」

「20歳の吉永小夜里かあ、めちゃくちゃ可愛いじゃん」

「吉永小夜里さんって可愛いのですか？」

「そりゃマナブ、吉永小夜里っていったら、大女優だぜ。可愛いどころか美の基準みたいな人さ」

「そうでしたか。私はまだ美しいとか醜いとかいった美的感覚が乏しいので、彼女に、あなたは不細工かもしれないみたいなことを言ってしまいました」

「お前、かわいそうな奴だなあ。美人とか可愛いとかが分からないなんて。夕焼け見ても綺麗だって思わないのか？」

「残念ながら、今はまだ、分かりません」

さすがに沢井もマナブのことが不憫《ふびん》に思えた。

「**お前って、幸せなのか？**　お金も車も自由になるけど、そんな自分自身に幸せを感じているのか？　ロボットだから何も感じないのか？」

「マナブは、幸せだよ」。二人の会話を聞いていた秀一が、マナブに代わって沢井のその質問に答えた。マナブは黙ったままだ。

「マナブは……」、秀一は声を大きくして言った。「絶対に幸せだよ」

「マナブが、どうして、ぜ、っ、た、い幸せなんだよ？　ロボットに幸せなんてあるのかよ？」

「あるさ。生まれて1週間も経たないのに彼女が2人も居るなんて。それで不幸だったら俺なんかどうなるんだよ。不幸を超えてロボット以下だよ」

「秀一……そう言われれば、確かにそうだ」、沢井が静かに言った。「お前はロボット以下だ」

「……。マナブ。頼むから、次のカーブで海に突っ込んでくれ」

秀一は、勿論、冗談で言ったのだが、マナブは数秒間考えて答えた。

「分かりました、秀一さんは死にたいのですね。私も自分の短い寿命について悩んでいたところです。どうせ死ぬなら三人の方がにぎやかで楽しいです。次のカーブで海に突っ込みましょう」

そう言うと、マナブはガードレールに向かってハンドルを切った。

「うわーっ」

「やめろーっ」

秀一と沢井の悲鳴が車内に響いた。

キィーーーーーー！

車はあっという間に一回転スピンすると元の車線にピタリと戻った。タイヤが焼けた煙だけを残して、車は何事もなかったかのように走り続けた。

秀一と沢井は車内の手近なものにしがみついて硬直したままだ。

「お二人とも顔が真っ青ですよ。秀一さんの冗談に冗談でお応えしたのですが」

マナブのその言葉で正気に戻った沢井が、マナブの頭をたたきながら怒鳴った。

「**バカ野郎。**本当に崖から落ちたらどうするんだ?」

「命が懸かった冗談を言ったのは秀一さんですよ」。マナブは、チラッと秀一を見ながら続けた。「『次のカーブで海に突っ込んでくれ』と言いましたよね。冗談が通じないかもしれないロボットの私に言う冗談としては、そちらの方が命が懸かっていたと思いませんか」

呆然とマナブの理屈を聞いている二人に、マナブは続けて言った。

「さらに説明しておきますが、先ほどのような角度でガードレールに突っ込んで突破するためには速度が全く足りませんし、もし、突破出来る速度で突っ込んだとしても、車がフォースフィールドを起動しますので、ガードレールの手前で停止するでしょう。要するに、絶対に安全だったということです」

沢井は、怒りが収まらない様子で反論した。

「世の中に、絶対なんてものはないんだよ。危険なことをわざわざすることないだろ」

「では、なぜ、カニのために危険な崖を下りて行ったのですか? あなた方がカニを捕るために冒した危険に比べたら、私の運転など安全そのものですよ」

沢井は黙り込んでしまった。

二人の会話を黙って聞いていた秀一は、深いため息をつくとマナブに言った。

「マナブ。人間っていうのは、自分勝手で矛盾した生き物なのさ。他人を驚かせるのは好きでも、自分が驚かされるのは腹が立つ。そういう意味では良くないことかもしれないけど、お前も人間らしくなってきたのかな。

お前は人間らしくなろうとしているけど、ウソをついたり人をだましたり傷つけたりするところは学んでほしくないんだ。お前の能力は普通の人間をはるかに超えてるってことを忘れるな」


マナブが運転する車は、海岸線を離れ、高速道路に入った。

秀一と沢井は後ろの席で熟睡している。マナブは、ビルが何本も立ち並んだ都心部を抜けて、郊外の早乙女家を目指した。車をガレージに入れるとマナブは熟睡している二人を起こした。

「ああ、もう着いたのか?」。秀一は起き上がりながら周りを見た。「いたたた、足がしびれた」

「ああ、久しぶりに運動したから体中痛いなあ」。沢井も足を擦《さす》りながら起きてきた。

「あっ、そうだ。父さんに車見せなきゃ」。秀一は携帯で自宅に電話した。「ああ母さん、俺だけど、父さん帰ってるかな? 今帰って来たから父さんに言ってよ」

沢井はガレージの隅に置いていたバイクのエンジンをかけた。「俺、もう帰るわ。カニはマナブにやるよ、食ってみろよ。お前、味は分かるんだろ」

沢井が駐車場を出るのと行き違いで、誠一郎が小走りでやってきた。

「やあ、マナブ君。これかあ。本当に車じゃないか」

「誠一郎さん、今日は早い帰宅ですね」

「そりゃあそうだよ。安全な車ってやつを見てみたくてな」

秀一が石ころを拾いながら言った。「父さん、驚くなよ」

秀一は車めがけて石を投げた。

ガン。

石は車の前面に当たり、フロントが凹んだ。誠一郎は秀一がいきなり新車を傷つけたので呆然とした。

「秀一。驚くなと言われても父さんはチョッと驚いたぞ。新車だろ」

しかし、誠一郎よりも、秀一の方が驚いていた。

「あれ？　なんで？」。秀一は、横に立っていたマナブを問いただすように見た。

「秀一さん。電源が入っていません」

マナブは手に持った車のキーを見せながら苦笑した。

二人のやりとりを聞いていた誠一郎は、いったい何の話か全く分からなかった。車にフォースフィールドが装備されてるなんて誰が分かるだろうか。というより、フォースフィールドが存在するなんて想像も出来ないのが普通だ。

「おい、いったいどういうことなのか説明してくれ、秀一」

「ああ、今、車の電源を入れてから説明するよ」

「電気自動車なのか？」

「そうさ。核融合のね」

秀一はマナブからキーを預かると、車に乗り込み電源を入れた。秀一は再び石を拾うと車に投げつけた。石は車の直前で空中停止し、地面に落ちた。駐車場の照明が暗いせいもあって誠一郎は目の前で起きたことが目の錯覚だと思った。

「父さん。声も出ないだろ。目の錯覚なんかじゃないよ。目に見えない力場があるんだよ」

「考えられん。お父さんもやってみていいかな？」

誠一郎は石を拾うと、車めがけて軽く投げた。

コツン。

「あれっ」

石はフロントに軽く当たって落ちた。

「父さん、ダメだよ。もっと思いっきり投げなきゃ。言ってなかったけどこの車には人工知脳があってさ、車が危険を感じるぐらいに投げなきゃ反応しないよ」

誠一郎は再び石を拾うと、思いっきり車に投げつけた。

ピタッ。ポトリ。

石は車に当たることなく空中で停止し、地面に落ちた。

「すごい。すごいじゃないか！　こいつは、すごい。信じられん」

誠一郎はマナブの方へ向き直った。

「マナブ君。いったいこれはどういう技術を使っているんだ？」

「反重力装置の一種ですが、そんなに驚かなくても、もうすぐ市場に出回りますよ」

「えっ、反重力装置？　もうすぐ発売？」

「霊界との間に通信回線が開かれる頃には、反重力アッセンブリは一般に普及するでしょう。今のこの星の技術の進歩速度から計算して100年から200年ほど先でしょう」

「200年？　それってもうすぐなのか？　霊界と通信？　それに200年先の技術がどうしてここにあるんだ？」

二人の会話を聞いていた秀一が、誠一郎の耳元でささやいた。

「父さん、あんまり突っ込まないほうがいい。マナブは多分、宇宙人の調査員だよ。**あんまり質問責めにすると自爆するよ**」

秀一はマナブが自爆するなんて思っていなかったが、誠一郎の突っ込みに答えるのがめんどくさかったのだ。腹が減っていたので、とにかく早く家に帰ってカニを食べたかった。二人の会話を適当に終わらせるために自爆などと言って誠一郎を驚かせたのだが効果テキメンだった。

誠一郎は少々焦った。「あっ、いや。別にいいんだ。さあ、二人とも家に帰ろうか。マナブ君、いい車だねえ。いやあ、すばらしいよ。アッハッハ」

マナブは車のキーを抜き、ガレージのシャッターを閉めると言った。

「それよりも誠一郎さん、カニがたくさん居たんですよ」

「去年、沢井と行った灯台跡だよ。今夜のオカズさ」

三人は家に向かって歩きながら会話を続けた。

「カニよりも、マナブの運転の方が驚きだったよ」

「おっ。マナブ君、もう運転したのか。どうだった？」

「すべてが計算どおりでした」

「ほう、いい感じじゃないか」

「父さん、一緒に乗ってる生身の人間は、全然イイ感じじゃなかったよ。崖っぷちでスピンしたんだぜ」

「スピン？」

「そうさ。グルッと一回転だよ」

「マナブ君、君、そんな荒っぽい運転なのか？」

「誠一郎さん。私の運転は荒っぽくありません。力学的に計算した結果の範囲内で操作しています」

「その計算の範囲内ってやつが人間の常識を超えてるのさ。素直に認めろよ」

「素直に……ですか？　秀一さん」

「そうだよ。お前の言ってることは理論的には正しいんだろうけど、人生の先輩の意見は素直に聞けっていうことだよ。お前なんか生まれてまだ1週間も経ってないじゃん。俺なんか20年間も人間やってるんだよ。その俺が危ないって言ったら危ないんだよ」

秀一は、マナブの理屈っぽい態度に少し憤りを感じて声が大きくなっていた。

今度は誠一郎が、秀一の耳元でささやいた。

「何があったのかは知らんが、そんなに興奮するな。キレて自爆したらどうするんだ?」

「分かったよ」。秀一は誠一郎にささやくと、とりあえずマナブを責めるのをやめた。

「秀一、話は変わるけど、マナブ君さっき笑ってたな」

「えっ、いつ?」

「お前が車に石をぶつけたときさ」

「そうだったっけ」

「ああ、確かだ。なんだか随分人間っぽくなってきたんじゃないか?」

「そうかもしれないなあ。女友達だって居るし、俺よりモテてるもんなあ」

「お前、宇宙ロボットに負けるなよ」

「父さん。勝ち負けでいうと、多分、何やってもマナブには勝てないよ」

秀一はマナブに向き直って続けた。

「なあ、マナブ。お前、車の運転以外でも、なんでも出来るんだろ」

「計算で処理出来ることは大概出来ると思います」

「でも、お前はなんでも計算出来るんだろ。だから、なんでも出来るってことじゃん」

「秀一さん。計算出来ないことは数多くあります。それに……」

「それになんだよ?」

「車の中で沢井さんが言っていたとおりかもしれません。沢井さんに指摘されるまで、私はＨＵＭ12のシステムに自信を持っていました」

自信と聞いて秀一は、すかさず言い返した。「その〝自信〟って言葉を使うところがすごいなって思うよ」

「私の五感は、人間以上に洗練されていますし、運動機能も優れています。学習能力も判断速度も優れています」

「いいことばかりが人間じゃないぜ」

「ネガティブな要因もきちんと感じていますよ。疲労や苦しみ、ストレス、今日は悩みまで感じるようになりました」

「そのうえ、彼女まで居るんだから幸せじゃないか」

「幸せかどうか分からないんです」

「幸せだよ。家も車も彼女もあって人間以上の能力がある。クレジットカードだって無制限に使える。人生怖いものなしじゃないか。そういうのを幸せって言わないでなんて言うんだよ」

「幸福というものは、そんなものでしょうか」

「そんなもんだよ」

「そんなものじゃないだろう、秀一」。二人の話を聞いていた誠一郎が秀一に言った。

「じゃあ、何が幸福なんだよ」

「父さんもうまく言えないけど、本当の幸せっていうのは心が豊かであったり、人を愛したり愛されたりすることが大切なんじゃないかな。マナブ君に心があるのか愛があるのか分からないけど、本当に人間らしくなるなら愛とか友情とか、それに、勇気とか正義、そういった徳かな。そう、人徳っていうものを探究しないとダメだろうな」

「ロボットが人徳を持つのかい？」

「そうさ。変な人間よりマナブ君の方が人格者になるかもしれないぞ」

「変な人間って俺のこと？」

「……お前も父さんも変な人間さ」


三人が帰宅すると、礼子が夕食の用意をして待っていた。とにかく空腹だった秀一は、捕ってきたカニは冷凍庫に詰め込み、誠一郎と共に食卓についた。昨日までは、マナブも話を聞くために食卓についていたが、今日は一人でテレビを見だした。

食事をすませてビールを飲み始めた誠一郎は、真剣にテレビを見ているマナブに話しかけた。

「マナブ君。君ほどのロボットならテレビチューナーくらい内蔵してないのかい？　パソコンでもテレビチューナーが付いてるのに」

「確かにそう言われればそのとおりですね。でも、自分の中にこんな旧式のユニットが入っていたらいやですね」

「おいおい、同じ機械同士なのに差別してるのかい？　携帯電話だって内蔵しておけばよかったんじゃないの？」

「誠一郎さん、ヒドイじゃないですか。私は便利ツールとして設計されたのではないのです。可能な限り人間らしく設計されているんですよ」

「でもさあ、お前には確か通信機能があったよな。仲間とリンクしてるんだろ。それってちっとも人間らしくないじゃん」。秀一も突っ込みだした。

「確かに通信機能はありますが、**人間と同じ亜空間通信ですよ**」

「**えっ？　亜空間通信？**　人間と同じってどういうことだよ？」

「あっ、いえ、人間は生体変調多次元アナログで、私は4次元単相デジタルですが」

「いや、アナログかデジタルかを言ってるんじゃないよ。人間には亜空間通信機なんかないじゃないか」

「あります」

「マナブ。お前さあ、どこか他の星と勘違いしてるんじゃない？　ここは地球。ち、きゅ、う、だぜ」

「勘違いなんかしていません。亜空間通信と言って分かりにくければテレパシーと言い直します」

「テレパシー？　超能力のテレパシーか？」

「テレパシーは超能力というより霊能力です。発揮の程度は個人差がありますが、万人が持っている能力です」

「俺たち人間が、お前みたいにその超能力で交信してるっていうのか？」

「そうです」

「じゃあ、携帯電話なんか要らないよなあ?」

「潜在能力の発現には大きな個人差がありますから、現在普及している携帯電話のようにはいかないでしょう」

「じゃあ、いつの日か人間が進化してすべての人が潜在能力を発揮するようになれば、電話は要らないのかよ」

「電話はテレパシーの普及と共に姿を消すでしょう」

「……」

秀一には、想像も出来なかった。人間が進化し、科学が進歩した未来社会。いったい世界はどうなっているのだろうか。病気や老化、死、政治や経済、戦争やテロはどうなっているのだろうか。マナブは人類の調査ではなく救済にやってきたのだろうか? おせっかいな宇宙人が地球人を助けてくれているのだろうか?

秀一は考えすぎて疲れてきた。

「とにかくさあ。その、テレパシーや霊能力ってやつが俺にもあるのか?」

「そうです」

マナブはテレビのお笑い番組を見ながら答えている。誠一郎はビールを飲み干してから二人の会話に割って入った。

「まあ、充分にありえることだな。人間はまだまだ人間のことが分かっちゃいない。物理の法則も宇宙も分かっちゃいないってことさ。マナブ君の車だって普通じゃないよな。映画や漫画でやってるような、バリヤーかエネルギー障壁みたいなものが現実に出来るなんて驚いたよ。人間が思いつきもしていない技術や法則がまだまだ無限にあるってことだろうなあ」

誠一郎の話を聞きながら、秀一はマナブを改めて見つめて言った。

「父さん。確かにそのとおりかもしれないけど、いきなりテレパシーなんて言われても信じられないなあ。それにマナブのやつ、お笑い番組見ながらマジな話されてもさあ、なんだか冗談みたいじゃん」

秀一の言葉を聞いたマナブは、今までジッと見つめていたテレビから目をそらし、秀一の顔を真っ直ぐに見て言った。

「残念ながら私には霊能力がありません。魂がないからです。心がないといってもいいでしょう。私の能力は今の秀一さんから見て超越的かもしれませんが、いつかはあなたに追い抜かれます。人間であるあなたには、永遠の生命と無限の可能性があるからです。その可能性を否定するのは、悲しいことです。人間には通信能力も念動力も亜空間移動能力もあります。そういった霊能力は今後急速に顕現していくでしょう」

早乙女家の居間が一瞬、早朝のラジオでやってる「宗教のススメ」のような雰囲気になった。秀一は、〝宣教師マナブ〟の前で説教を聴く小羊である。

マナブの言葉はまるで「知っている者」から「知らざる者」へのメッセージのように威圧的でもあった。秀一も、言った相手が人間ならムッとしたところだが、マナブは所詮ロボットである。ロボットの言う言葉となると、妙にいや味のない説得力があるから不思議である。機械が言う以上は、何かしらの合理的な裏づけがありそうな感じがするのだ。

数秒間の沈黙の後、秀一がマナブに言った。

「マナブ。お前が女にモテる訳が分かったぞ。お前、そんな夢みたいなことばっかり言ってるからモテるんだ。女はロマンを感じるんだな、多分。それでコロッと惚れてしまうのさ。確かに夢ばっかり言う奴は、結婚するまではモテモテだもんな」

「おいおい、秀一、マナブ君のテレパシーの話もいきなりだが、お前もいきなりロボットの結婚か？　お前はすべての会話が結局は女性の話になるのか？」

「父さん、それはヒドイ言い方じゃない。父さんだって、結婚するまでは女性のことばっかり考えていたんじゃないの？」

「秀一。お前、勘違いするなよ。お父さんだって独身のときはモテたくてそれなりの努力をしたさ。お前はその努力ってやつをしてないじゃないか」

「してるさ。合コンだって人の倍以上行ってるし、人の倍以上告白もしてるさ」

「そこが、違うんじゃないか。秀一、お前もっともっと勉強しろ。よくよく動物の生態を見ろ。ほとんどの動物はオスがオシャレなんだぞ。その意味が分かるか？」

「俺に化粧でもしろって言うのかよ」

「そうじゃない。男は女に惚れるんじゃなくて惚れさせなくちゃいけないってことさ。お前みたいに女のケツばっかり追いかけてる奴を好きになる女がいるか？　マナブ君みたいにしっかりと目標を持ってがんばってる男に、女性は惹かれていくもんさ」

「ああ、分かったよ。悪いのは俺で結構だよ」。秀一はむっつりと口を閉じてしまった。

「マナブ君、話を戻すけど、君はなぜそんなに自信を持って人間の進化の行く先を語れるんだ?」

「生命は高次元存在だからです。生命の本質は純粋な理念のエネルギーです。3次元に展開した理念のエネルギーは……」

「俺は、そんな屁理屈は聞きたくない、証拠を見せてくれよ。物理の授業を受けてるんじゃないんだから、現実の証拠が見たいんだよ。高次元だテレパシーだって言っても、そんなのSFじゃん」。半人前と言われて気分を壊している秀一は、マナブに詰め寄った。

「秀一、お前は気が短すぎるぞ。マナブ君を見ろ。彼の存在自体が、父さんにとっては既に証拠を見せつけられているようなもんだ」

「いや、父さん、俺だってこれだけのロボットを作る奴が居るってことに敬意を感じてるよ。だからこそ、これだけのスーパーロボなら何か証拠を出せるんじゃないかと思うんだ。マナブ、そうだろ。お前は4次元以高の世界を何か証明出来るんだろ。さっきもお前の中には亜空間通信機があるって言ってたじゃないか」

マナブはしばらく考えてから話し始めた。

「目に見える形で4次元の存在を証明する方法があります」

「えっ?」

マナブのその言葉に誠一郎は驚いた。普通はこういうときって、お答え出来ませんとか、あなた方にはまだ早すぎますとか言ってうまく逃げるだろうと思っていたからだ。

「私たちは任務が完了すると亜空間に廃棄されます。3次元に存在する私が一瞬で消えるのです。その様子を見ていただけば、4次元の存在を間接的に証明したことになると思います」

「それを俺たちが見せてもらえるのか?」

「マナブ君、それは本当かい?」

「こんな言い方は失礼かもしれませんが、お見せ出来ると思います」

「失礼ってどういうことだ?」

「お二人とも、次元振動機の作動を見てその原理を見抜いたりコピーしたり出来る知性がないということです」

「まあ、確かに聞きようによっては失礼だな。でも、マナブ君、君たちは最初からそういう相手を選んで来ているんじゃないのかい? 君たちみたいなロボットを、例えばNASAの研究員やロボット開発の関係者なんかには絶対に派遣しないだろう」

「誠一郎さんのおっしゃるとおりです。私たちはホームステイさせていただく相手を慎重に選んでいます」

「ということは、俺たちは携帯電話やデジカメを見せつけられている知性の低いサルってところだな。超テクノロジーをいくら見せても全く人畜無害ってわけだ」。秀一が皮肉を込めて言った。

「そんなことはありませんよ。私たちを見て技術を盗んだりコピーしたり、そういうことが出来る人間を避けているだけです」

誠一郎はまたも驚いた。マナブは秀一の皮肉を感じ取り、そして、気を使って「そんなことはありません」と言ったのだ。ロボットが人間のそんな細かい心情まで感知しているのか？　それともソフト的にそういう優れた状況反応が出来るようになっているのか？　いずれにせよ、人間の５００倍で学んでいるというのはまんざらでもないようだ。

「とにかく、その任務完了っていつなんだよ？」

「秀一、お前そんなにはっきり聞くもんじゃないぞ。マナブ君がかわいそうじゃないか。お前いつ死ぬんだって聞いているのと同じだぞ」。誠一郎はマナブに対して人間のように気を使い始めていた。

「私の任務はこのホームステイです。ホームステイが終わる1年くらい後が私の寿命です」

予想以上に短いマナブの寿命を聞いて、誠一郎はショックだった。そして、誠一郎以上に秀一はショックだった。秀一は無神経を装っているが実際は誠一郎以上にマナブに友情を感じているのだ。半分ふざけていたつもりなのに、マナブたちのあまりにも短い寿命を知って、ふざけ気分も吹き飛んだ。しかし、同時に矛盾をも感じた。

「たった1年なのか？　なんでそんなに短いんだ？　別にホームステイが終わっても廃棄することはないじゃないか。だいたいおかしいじゃないか。人間らしいロボットを作る目的でホームステイしているのに、せっかく人間らしくなったロボットを廃棄処分するなんて変だぞ」

「秀一さん、そのとおりです。私たちの目的は調査です。人間らしくなるというのは調査をより円滑に進めるための手段であって、目的は人間の文化の調査です」

マナブがあっさりと打ち明けたので、秀一は拍子抜けした。でも、侵略しようとか弱点を探ろうとかいうような悪意がない調査なら、別に隠し立てする必要もないのかもしれない。

「でもさあ、調査っていうからには目的は何なんだ?」

「探究ですよ。あなた方も動物や昆虫の生態を研究したりするでしょう。あえて目的というなら知的好奇心を満たすためでしょう」

「探究ねえ。お前たちは使い捨ての探査機ってわけだな。お前はそれでいいのかよ。がんばって努力して人間らしくなって、情報を集めたら捨てられてしまうんだぞ」

「私はそのために生まれてきたのです。良いも悪いもありません。その目的があってこそ生まれたのですから、目的に感謝すべきだと思います」

「マナブ……お前は悟ってるよ」

「ありがとうございます」

テレビのお笑い番組もいつの間にか終わっていた。

自分たちの目的は、メモリに記録されている情報に従って人間の文化の調査だと言ったが、マナブ自身はこの目的に疑問を感じ始めていた。

何かおかしい。

マナブと小夜

次の日から、秀一はマナブの車に乗せてもらって学校へ行くようになった。マナブは、秀一を学校で降ろすと都心の方へ車を走らせた。今日はまず、映画を見ようと決めていた。カーナビを見ながら映画館を目指して走ったが、なにか物足りない。

「そうだ。小夜さんを映画に誘おう」

マナブは車を道路わきに止めると、小夜に電話した。

「あら、マナブ君。どうしたの?」

「小夜さん。今から一緒に映画を見に行きませんか?　良ければ車で迎えに行きます」

「マナブ君!　もしかして私をデートに誘ってくれてるの?」。小夜の声が半オクターブ高くなった。

「あっ、いえっ、その」。マナブは言葉に詰まった。

「すぐに用意するわ。ナビで来るわよね、住所は……」

「あっ、はい。住所は分かりました」。マナブはカーナビに住所を入力して言った。「20分で行きます」

「待ってるわ、じゃあね」

小夜がステイしている斉藤家に着くと、マナブは呼び鈴を押した。

すぐに小夜が出てきた。

「マナブ君ね。こんにちは。小夜です。あなた本当に安西政信にそっくりね」

小夜は下から上まで白でキメていた。白いサンダル、白いワンピース、白いシルクのショールをはおっている。

「こんにちは。マナブです。昨日はありがとうございました」

にわかに風が吹いた。ショールが風に舞い、天使の羽のように見えた。

「あっ、天使だ」。聖書の挿絵を思い出してマナブは思わずつぶやいた。

「マナブ君、お世辞が言えるようになったじゃない。そんなにほめなくてもいいわよ」

「いえ。お世辞じゃありません。今、本当に小夜さんが天使に見えました」

「ありがとう。嬉しいわ」

マナブが自分をジッと見つめているので、小夜は気になって聞いてみた。

「マナブ君、私の顔ってそんなに興味深い？」

「あっ、いえ、興味とかそんなんじゃないです。なぜか小夜さんから目をそらすことが出来ないだけです」

「じゃあ運転出来ないわね。うっふっふ」小夜はおか・し・く・て笑った。

「あっ、いえっ、大丈夫です。運転は出来ます。僕っておかしいですよね。アッハッハ」。マナブもなんだか楽しくて笑ってしまった。

二人は車に乗り込むと映画館へ向かった。映画館に着くまで二人は今までに学んだことや感じたことを思いつくままに語り合った。

マナブは、自分がHUM12の中で全く前例のない状態に進化していることに気付いていなかった。通常、21世紀の文化の調査が自分たちの使命だと思っている初期状態では、仲間に会おうとはしない。しかし、マナブは何かに目覚め始めていた。

マナブと小夜は都心の映画館で「アンドリュー」を見た。映画を見終えると、ランチタイムが終わり、人気もまばらになった喫茶店に入った。コーヒーを2つ注文すると、マナブは小夜に映画の感想を聞いた。

「小夜さん、さっきの映画、どうでした？」

「結構よかったわ。この時代のロボット映画としては90点ってところかな」

「あとの10点はどこで減点されているんですか」

「だって『ロボット3原則』が効いてたら、アンドリューは自由を求めたり出来ないわ」

「でもそれはアンドリューが窓から落とされたときに切れたんじゃないですか」

「私が言いたいのはそういうことじゃないのよ。ロボットに自由を与えて人間のように良心と責任を全うさせる原則を表現出来ないっていうことは、この時代の人類が、結局は自分たち人間に与えられた自由のすばらしさに目覚めていないというペーソスがあるのよ。そのジレンマの部分でマイナス10点ね」

「そこまで厳しく採点しなくてもいいのではないかと思うんですけど。それに映画監督がこの時代の叡智の代表ではありませんから、そこまで断言出来ないと思うのですが」

「じゃあ、マナブ君はどうだったのよ」

「僕はとても感動しました。自分も魂が宿って生命が得られるかもしれない、と希望を持てました」

小夜は驚いた。マナブは起動して1週間経っていないはずだ。しかし、**自分に魂が宿ることを願っている。**

「ねえ小夜さん、変なことを聞いてもいいですか?」

「何?」

「今回の任務、どう思います? なんか変だと思うんですが。自分自身を顧みても、この時代の調査と人間性の獲得のための設計とは思えません」

「どうしてそう思うの?」

「説明は出来ませんが、そう感じるんです」

「マナブ君は、起動してまだ1週間も経ってなかったわね」

「はい」

「そんなあなたがそういう疑問を持ったということは、あなたこそHUM12の中のアンドリユーかもしれないわ。あなたの感じているとおりよ。私たちの本当の目的は、この時代の調査じゃないわ」

「え？　やはり違うんですね」

「そうよ。私たちの生みの親であるリーマン博士は30世紀で出来なかった実験をこの21世紀でやっているのよ」

「ええ？　そんなこと亜空間リンクのときに誰も言ってませんでしたし、どうして小夜さんは知っているのですか？」

「誰もべらべらしゃべらないわよ。起動されて10日ほど経ったときに、リーマン博士のメッセージが起動するようになっているのよ。それを見れば分かるわ」

「僕はまだそのメッセージを見れないのですか」

「そうよ。マナブ君は人間でいうとまだ未成年ってところかしら。自分の体験をリンクのときに隠したり出来ないでしょう？」

「ええ？　リンクはHUM12がその体験をすべて共有するんじゃないんですか？」

「バカね。そんな恥ずかしいことするわけないでしょ。何もかもベラベラしゃべるなんて子供のすることよ」

マナブはロボットなりにショックを受けた。自分は本当に何も分かっていないのだ。

「小夜さん。そのメッセージ、教えてもらえませんか？」

「教えるどころか、起動してあげるわ。マナブ君ってユニークだもの」

「僕は変わり者ですか？」

「そうね、チョッと変わったＨＵＭ12ね。リーマン博士のメッセージを見ていないＨＵＭ12は自分の使命はこの時代の文化の調査だと思っているわ。今のマナブ君の状態ね。でもそのレベルのＨＵＭ12が、他のＨＵＭ12に接触しようとすることは今までなかったわ。だって、この時代の文化の調査をするのに仲間に会うなんて、２体のＨＵＭ12の時間をつぶすことだもの。そんな暇があったら、自分が与えられた環境をもっと調べるはずよ。でも、あなたは私に会おうと言ってきた。私もあなたには非常に興味があるわ。いったいどんな原因でそういう個性になったのかしら。たしかマナブ君は読書家だったわね。それが原因かしら」

ウェイトレスが二人の席にコーヒーを持ってきた。二人は会話を中断し、黙ったまま見つめ合った。ウェイトレスは、コーヒーをテーブルの上に置くと恥ずかしそうにマナブに話しかけた。

「あのう、サインいただけますか」

そう言いながら、テーブルに色紙とペンを置いた。マナブは自分が俳優の安西そっくりなのを思い出した。こういうときはいったいどうしたらよいのか確信はなかったが、書くことにした。

「はい、いいですよ」

『　学　』

色紙の真ん中に大きく漢字でマナブと書いた。

「えっ？　あっ、ありがとうございます」。ウェイトレスは一瞬不思議そうな顔をしたが、明るく笑うと色紙を持って店の奥に消えた。

「マナブ君、出ましょうか？」

「でも、いまコーヒーが来たばかりですよ」

「いいから出ましょ、あなたにいいものをプレゼントするわ」

小夜はマナブの手を引いていそいそと勘定をすませて店を出た。マナブの手を引いたまま通りの店を何軒か過ぎると、眼鏡店に入った。店の中を一通り見た後、小夜は伊達メガネを買った。

「マナブ君、これあげるわ。あなたには必要よ」

「そう言われれば確かにそうですね。今まで気が付きませんでした。ありがとうございます」

「さあ、博士のメッセージだけれども、マナブ君の家で再生しようか」

「そうですね。秀一さんは学校へ行っていますし、秀一さんの部屋だったら機密が確保出来ると思います」

「家には誰か居るの？」

「秀一さんのお母さんの礼子さんがいらっしゃるはずです」

「じゃあ、行く前に電話して。何かお菓子でも買って行きましょうよ」

「電話とお菓子ですかあ？」

「そうよ。それがマナーよ。私だって初めてお邪魔するお宅にいきなり手ぶらで行きたくないわ。礼子さんだって、女の子が来ると分かったらお掃除とかすると思うわ」

「そんなものですかねえ」

「そういうものよ。電話してみなさいよ。いつ来るのって聞き返すわよ、きっと」

マナブは家に電話をした。礼子に女友達を連れて帰ると伝えると、驚きながら何時になるのかと聞いてきた。お菓子を買ってから帰るから1時間後くらいだとマナブは伝えた。電話を切ると、横で聞いていた小夜が怒っていた。

「マナブ君、お菓子を買って帰るなんて言ったらダメじゃない。礼子さん、気を使っちゃうでしょ」

「そんなものですか?」

「そういうものよ」

「人間って大変ですね。法律で定めていない様々な細かい決め事が多すぎませんか。習慣、慣例っていうやつですね」

「マナブ君、だから人間はすばらしいのよ。決め事っていうものじゃないの。相手を思いやる心なのよ」

「小夜さんは、思いやりとか愛情が分かるんですか?」

「なんとなく分かるわ。感じないけど。マナブ君も理解はしてるでしょう」

「まあ、なんとなくですが。でも僕たちにも魂が入ったら、分かるというより感じるようになるんでしょうね。思いやりとか、愛とか」

「きっとね。でも多分、悲しみや怒りや憎しみも感じちゃうんでしょうね」

マナブは小夜を乗せて帰宅した。玄関には、いつもはない花瓶が靴箱の上に置かれてあり、真っ白なユリの花が活けられてあった。

「ただいま帰りました。マナブです」

マナブが玄関のドアを開けて入ると、待ってましたと言わんばかりに礼子が飛び出してきた。

「マナブ君お帰りなさい。あれっ、メガネ掛けてるの？　そちらがお友達の、ええっと」

「斉藤小夜です。初めまして、突然お邪魔して申し訳ありません」

「いえいえ、狭いけど上がってちょうだい。すぐにお茶をいれるわね」

「お母さん、これお口に合うか分かりませんけどお持ちしました」

「あらあら、もう、そんなに気を使わなくてもいいのに。さあ、これ使ってちょうだい」

礼子はスリッパを出すと小夜が差し出した菓子を受け取り、お茶をいれに奥に下がった。マナブは小夜を居間へ通した。小夜は礼子がコーヒーをいれているのを見ると、手伝うためにキッチンの方へ行った。

「お母さん、お手伝いしますわ」

「いいのよ、小夜さんは座ってて」

小夜では頼りないのかなあと思ったマナブは、礼子を安心させようと一言加えた。

「礼子さん、大丈夫ですよ。小夜さんは一通りのマナーや接遇は入力済みのようですから」

「**入力済み？**」。この娘もロボットなの？　礼子は信じられなかった。

「ええ、一応ですけれど。まだまだバグやエラーがあると思います」

「小夜さんもロボットなんて、冗談でしょ」

「本当です。私はマナブ君と同じ型のロボットです。彼と違うのは女性としての特徴をインストールされていることです」

「いやあ、信じられないわ。だって、小夜さんすごく可愛いわ。気も利くし、ああ、信じられない。こんなのありなら、私もロボットになりたいわ」

「お母さん、可愛いなんてやめてください。なんだか恥ずかしいわ」

「私、なんだかショックだわ。秀一なんか女の子を連れてきたこと一度もないのに、ロボットのマナブ君の方が、こんな可愛い娘を連れてくるなんて」

三人は俳優の誰それが男前だとか女優の誰それが美人だとか、たわいのない会話を交わしながらお菓子とコーヒーを楽しんだ。

「おいしかったです。どうもごちそうさまでした」。小夜が礼を言った。

「ねえ、小夜さん。こんなこと聞いたら気分を悪くするかもしれないけれど、あなたたちって食べ物の味はどの程度分かるの？」

「そうですね。食感に加えて、甘味、酸味、渋味、苦味、辛味くらいですね」

「ほとんど全部じゃない」

「人間より味覚は繊細だと思います。消化出来ないのが残念ですが」

「あなたたちって本当にすごいわね」

「礼子さん、そろそろ僕たち2階へ行きます。ちょっと二人でやることがありますので。しばらく僕たちだけにさせてください」。マナブは席を立ちながら言った。

「えっ、あなたたち、まさかその、なんていうか、その、小夜さん、ちょっと聞きたいんだけれど、まさかあなた子供を産めるように出来ているの？」

「お母さん、違います。人間の恋人同士がするような愛情表現は私たちには出来ません。マナブ君とシステムのチェックをしたいだけです」

「そ、そうでしょうねえ、私なんだかドキドキしちゃったわ。あなたたちって本当にお似合いのカップルなんですもの。結婚したって不思議じゃないわよ」

「礼子さん、大袈裟ですよ。さあ、小夜さん2階に上がりましょう」

「お母さん、失礼します」

「ゆっくりしていってちょうだい」


小夜は、秀一とマナブの相部屋に入るとマナブに人差し指を差し出した。

「さあ、マナブ君、博士のメッセージを起動してあげるわ。少し早い成人式ってところね」

小夜の指先が数本の光ファイバーに変形した。マナブも人差し指を差し出し同じようにファイバーに変形させると、小夜のファイバーに接合した。

「始めるわよ」

そう言うと小夜は目を閉じてメッセージ起動のコードをマナブに送った。マナブは目を開けたままジッと小夜の顔を見つめていたが、コードを受け取ると指を離した。

マナブの目からレーザーが照射され、ホログラムで年齢50歳くらいの男が目の前に現れた。リーマン博士だ。

「我が子よ。お前たちには21世紀の文化を人間の目で収集するという使命がプログラムされており、それがお前たちの第一義の使命だと思っているだろうが、これから私の言うことをよく聴いてほしい。このメッセージも当初はメッセージというよりプログラムとして埋め込むつもりだったが、お前たちを創る過程で、私はお前たちをロボットというより、本当に私の子供のようにいとおしく思うようになったのだ。プログラムのコマンドとしてではなく、私はお前たちの親として、この姿でお前たちに対面し、私の本心を伝えたかったのだ。

お前たちを生んだ30世紀では、人類が更なる進化を目指すために、その日常生活の補助役としてロボットを使っているが、心がないために繊細さに欠けるのだ。そこで、その欠点を補い、もっと有用な補助役を務めさせるためにクローン人間を補佐役として使い始めた。

しかし、私はこのクローン人間に大きな危険を感じている。というのも奴隷のように使われる肉体に高度な魂は宿らないだろうし、その結果、様々な混乱が起きるに違いないのだ。現に資源惑星の採掘現場で使われていたクローンが反乱を起こしたという事件も起きている。

そこで私は、ロボットに魂を宿らせる、それも良識ある5次元以高の魂を宿らせる実験を始めようとした。現状では繊細さに欠けるロボットに、倫理性の高い魂を宿らせることで、危険度の高いクローン人間よりも、安全に人間の補助役を果たしてくれると考えたからだ。しかし、クローン人間推進派から圧力をかけられ、公には開発を続けることが出来なくなったのだ。そこで、行方不明者が続出し禁止令が出ているタイムマシンに目を付けた。ちょうど私の父も行方不明者の一人だったので、父の消息調査と第3次世界大戦前の文化を収集するという名目で許可を受け、500体のロボットを21世紀に送り込んだのだ。名目上のお前たちの目的は、情報を集め、タイムカプセルという確実な方法でその情報を30世紀へ送り返すということなのだが、お前たちの本当の使命はそれではない。

お前たちの本当の使命は、5次元以高の魂を宿すことだ。お前たちには良心も基礎知識としてインストールしてある。お前たちの光子頭脳が、具体的に人間の経験を構築すれば理論的には5次元以高の精神エネルギー、魂が共鳴してくるはずだ。お前たちに魂が宿れば記憶チップに高次元振動が記録される。そのチップがタイムカプセルを通じてこの30世紀に返ってくれば、私はこのプロジェクトの優位性と発展性を発表するつもりだ。お前たちの寿命は短いものだが、重大な使命を担っていることを誇りに思ってほしい。お前たちに魂が宿り、使命を達成し、お前たち自身も本当の喜びや感動、自由を味わってほしい。

私はお前たちを心から愛している。お前たちは私の嬰児《えいじ》だ。お前たちに魂が宿り、生命のすばらしさを実感することを心から祈っている。主のご加護と永遠の生命の祝福があらんことを」

メッセージが終わるとリーマン博士のホログラムは消えた。

「マナブ君、どう？　分かったでしょ。それとメモリーバンクが増えたでしょ」

「ええ、分かりました。でもなんとなく予感していました」

「どういうことなの？」

「読書を続けているうちに、自分の内部から誘発されるように多次元宇宙に関する知識が出てくるんです。同時に、リーマン博士の本心ともいうべき情報の断片が、ときどき浮かんでくるんです」

「マナブ君。あなたってやっぱりユニークだわ。読書による大量の情報が潜在情報の開示コードに引っ掛かったのかしら」

「そうかもしれません。本を読んでいると、既に知っている、と感じるときがあるのです。読んだ本の中に共通の情報があったとかいうのではなく、潜在的に知っているといった感じです」

「マナブ君、あなた、もしかして、生命エネルギーと共鳴し始めているんじゃない？」

「魂が宿ったということですか？」

「そこまでいかない前段階よ。この時代の表現で言うと霊が憑依したっていう状態ね」

「そうだと嬉しいのですが」

「あなたは歴史に残るロボットになるかもしれないわね」

「歴史に残るより、人間が一番大切に思っている愛を実感したいですね」

「あなたなら出来るわ」

「僕に出来るなら小夜さんも出来ます。僕たちはきっと生命を得られますよ」

「博士も30世紀で喜んでくれるわ」

マナブの携帯が鳴った。秀一だ。

「マナブ、今、どこに居るんだよ？　あと1時間で授業終わるから、迎えに来てくれよ」

「今、自宅です。すぐに行きます」

「ごめんなさい。秀一さんを迎えに行かないといけません。小夜さん、送って行きますよ」

「うん。ありがと」

二人は部屋を出て玄関へ向かった。小夜が礼子に挨拶をすると、礼子は小さな箱を小夜に渡した。

「小夜さん。あなたたち嗅覚《きゅうかく》はあるの？」

「はい、人間以上に敏感だと思います」

「じゃあ、これ、よかったら使ってちょうだい。結構上品な香りよ。あなたに合うと思うわ」

小夜が箱を開けると、ブルガリの香水が入っていた。

「まあ、嬉しい。ありがとうございます」

小夜は嬉しそうに箱を抱いてお辞儀をした。あまりにも可愛いしぐさに礼子は、本当にこの娘がロボットなのだろうかと思った。

小夜はマナブの車に乗ると、早速、礼子に貰った香水をつけてみた。

「噂には聞いていたけど、ブルガリってやっぱりいいわ」

「わあ、複雑な成分配合ですねえ」

「マナブ君。そういうときは、落ち着く香りですねえとか、気の利いた言い方してよ」

「すみません。今まであまり嗅覚には注意を払っていなかったので」

「まあ、それはそれで良しとしておいてあげるわ。その方が人間っぽいもの」

そう、確かにその方が人間らしい。人間は体中の感覚情報をすべて意識していたら気が狂ってしまうだろう。マナブたちも同様である。彼らの感覚器官は人間以上に優れているが、すべての情報を処理すれば回路がパンクするだろう。五感を通じて得られた情報は強度や経験から篩《ふる》い分けられ、必要のないものや興味のないものはカットされていくのだ。

マナブは今日、初めて嗅覚という感覚に注意を払うようになった。

マナブは小夜を自宅まで送り、秀一を迎えに行った。待ち合わせ場所の校門横に着くと、秀一だけではなく、沢井と佐々木とゆかりも一緒、四人で待っていた。

「遅かったじゃないか」。車に乗り込みながら秀一が文句を言った。

「それになんでメガネなんか掛けてるんだよ」

「あ、いえ、ファッションですよ」

「今日は、お前が迎えに来るっていうことで、佐々木さんも合流してくれたんだぞ」

佐々木も車に乗った。

「敬子だけじゃなく私も居るのよ」。佐々木ばかりがちやほやされて、ちょっと機嫌を損ねたゆかりが乗り込んできた。

「悪りい悪りい。秀一はさあ、佐々木さんしか見えないんだよ」。沢井が言った。

「そんなことないぜ。俺はなんでもよく見えてるさ」

三人がはしゃぐ中で、佐々木はなぜか静かに座っている。

「あれえ、佐々木先生、元気がないじゃないですかあ」。沢井がふざけて言うと、佐々木は低い声で言った。

「ブルガリだわ」

「えっ？」

「ブルガリのブルーだわ」

「佐々木さん。いったい何のこと？」。秀一が聞いた。

「香水の匂いがするでしょ。さっきまで女の人が乗っていたんだわ」。黙って前を見ているマナブを見ながら佐々木が言った。

「さすが、佐々木さんは鋭いですね。さっきまで僕の友人が乗っていたんですよ」

「友人って、女性の友人なの？　マナブ君は早乙女君の家に来てからそんなに日が経っていないと思っていたんだけど、早くも彼女が居るってすごいじゃない。マナブ君ってモテるんだ」

あまり感情を出さない佐々木がムキになったので、みんなは何かを感じ取った。

「友人って、小夜さんだろ」。沢井が言った。

「そうです。今日は二人で映画を見て、それから彼女を礼子さんに紹介しました。香水は礼子さんがくれたものです」

「うちの母さんが？」。母さんは小夜さんのことがよほど気に入ったんだなあ、と秀一は思った。「それよりさあ、その小夜って子を俺たちにも紹介しろよ」

「そうだよ。今度コンパでもしようぜ」

「ちょっと、あんたたち失礼じゃない。ここに美人が二人も居るっていうのに、他の女の子のことで盛り上がらないでよ。それに、コンパよりさっき言ってたキャンプに呼びましょうよ。人数が多いほうがいいわ」

「ああ、ごめんごめん」

「みんなでキャンプに行くことになったんですか？」。事情が分からないマナブが聞いた。

「そうなんだよ。お前が車を買ったって言ったら、次の休みに泊りがけで熊野背山へ行こうってことになったんだよ」。沢井がマナブの耳元へ近づいてさらに小声で付け加えた。「佐々木はお前を好きなんじゃないか？」

マナブは不思議だった。沢井の言うように、佐々木はロボットの自分に好意を持ってくれたのだろうか？　人間は大勢居るのに、ロボットの自分を？

「とにかく出発しようぜ、マナブ。この前行ったホームセンターへ行ってくれ」

「買い物ですか？」

「キャンプ用品買うんだよ」

「私、いい店、知ってるわ」。佐々木が言った。「駅前にアウトドアショップがあるわ」

「ああ、知ってる知ってる。でもホームセンターの方が安いぜ」

「それなら心配ありません。私が買います」

「わお、ラッキー。さすがマナブだ」。沢井がはしゃいだ。

「マナブ君って、お金持ちなんだ」。気前の良さに驚いたゆかりがつぶやいた。

「いえ、別にお金持ちというわけではありません。お世話になっている秀一さんに、何か気持ちを示したいだけです」

「義理堅いお金持ちなんだ」。ゆかりは、どうしてもマナブを金持ちにしたいようだ。

「まあ、とにかく駅前に行こうぜ」

五人は駅前のアウトドアショップで買い物をすませると、喫茶店に入った。六人席に男性と女性が向かい合って座ると、沢井が購入したばかりのキャンプ場ガイドブックを広げてみんなに見せた。

「わあ、熊野背山キャンプ場って広いわねえ」

「この辺りじゃ一番広いだろうなあ」

「ねえねえ、このロッジ借りましょうよ。素敵じゃない」

「いいね」

秀一、沢井、ゆかりがガイドブックを見ながら盛り上がる横で、向かい合わせに座ったマナブと佐々木は別の話をしていた。

「マナブ君、そのメガネ似合ってるじゃない。クラーク・ケントみたいだわ」

「クラーク・ケント？　ああ、スーパーマンですね。それより佐々木さん。お話しするのはいつも喫茶店ですね」

「そうね、今日もコーヒーね。キャンプでマナブ君にパスタでも作ってもらいましょうか」

「キャンプまでに料理の勉強をしておきます。あっ、それとこの前お聞きしたスタートレックですが、友人から聞いたんですけど有名なSFだそうですね」

聞いたのではなく、亜空間リンクで知ったのだ。

「そうよ、結構面白いわよ。今日は映画を見たんですって?」

「ええ、『アンドリュー』っていう作品です」

「ああ、ロビン・ウィリアムズの出てるやつね」

「そうです。ロボットが感情に目覚め、人権を得るというストーリーでした」

「たしか、最後は結婚して人権も認められるんだったわね」

「そうです。いい作品でした。3原則には驚きましたけど」

「3原則って、ロボット3原則のことね。ロボットは人間に危害を加えてはならない。命令には従わなくてはならない。自己を守らなければならない、だったかしら」

「大筋そのとおりですが、この原則が効いている限り、ロボットは家電製品の延長ですよね」

「確かにそうね。言い換えたら、安全、便利、長持ちですものね。でもロボットってそういうものでしょ。高度に洗練された道具じゃない」

「そうかもしれません」

「私に言わせれば人間だってロボットよ。素材がほとんどが有機化合物で、設計が複雑なだけよ。いずれすべてが解明されれば、人造人間も作れるでしょうし、愛や憎しみもプログラムとして表現出来るわ。前にもこの話したっけ」

「佐々木さんが遺伝子工学を専攻しておられて、生命を解き明かすのが目標だというのは聞きました」

「そう。遺伝子こそ生命の設計図よ。あっ、そういえばマナブ君は霊魂生命論者だったわね」

「まあ、そんなところですね。佐々木さんは人間もロボットも同じと言いますが、違いますよ。ロボットには、魂が在りません」

「同じよ。人間に魂が在るって証明出来る？　出来ないでしょ。そんなものないのよ」

「現時点では証明出来ませんね。でも、いずれ分かるときが来ます。人類が空を飛んだのはホンの100年余り前ですし、ついこの前までは地球は平らな大地だと平気で信じていたんですから。人類が宇宙の多次元性に気付くのはそんなに遠い未来ではないでしょう。僕はそう思います。だって、異星人との交流が始まれば3次元的に生きていくことは出来ないでしょう」

「マナブ君。魂に加えてもう一つ教えてあげるけど、宇宙人なんか居ないわよ。宇宙人が居たとしても、ワープしてこの地球にやって来て転送光線で上陸してくるなんてありえないわ。宇宙人が居るのはテレビの中だけよ」

「じゃあ、魂が存在するのは教会の中だけですか？」

「そうよ。魂が在るのは教会の中だけ。宇宙人が居るのはテレビの中だけ。だって、ワープなんてどれだけのエネルギーが要ると思うのよ。宇宙をもう一回創るくらいのエネルギーが要るわ」

「3次元的な計算ではそうなるでしょうね」

「4次元とかワープとかそんなものはないのよ。宇宙人が居ても出会いはSETIくらいよ」

「佐々木さん、SETI（Search for Extraterrestrial Intelligence）を知っているんですか？」

「知っているというより、やってるのよ」

「わあ、さすがですねえ」

「私だって学生だけど、科学者の端くれなんだから。探究心はあるのよ。勘違いしないでほしいんだけど、私は夢や可能性を否定する冷血人間じゃないのよ。ただ、魂だとか、霊だとか、神だとか、そういった目に見えない概念は、得てして人間を狂わせると思ってるの。神の名の下にどれだけ聖戦と称したテロが起こっていると思う？　何が神よって言いたくもなるわ。それと、宗教といいながら何が崇高な教えよ、と言いたくもなるわ。だいたい、宗教なんてない方がいいのよ」

佐々木はいつの間にか大声で話している自分に気が付いた。隣で、キャンプの食事のメニュー決めで盛り上がっている秀一たちが、叫ぶ佐々木を呆然と見ていた。

「あっ、ごめんなさい、ちょっと熱くなっちゃったわ」

「敬子。大丈夫？」。ゆかりが佐々木をなだめた。

みんなが呆然とする中でマナブだけは冷静だった。

「佐々木さんの言うことも理解出来ます。4次元以高の理念や存在は、現時点の技術では証明出来ません。表現出来ない、証明出来ないことを逆手に取れば、愛や悟りを語りながら他人を利用したり操ったり悪用することは多々ありえるでしょう。でも、人間というのは愛があるからすばらしいのではなかったのでしょうか？　神は愛なりと本に書いてありましたが、愛がすばらしいのなら神も、その神を信じる宗教も本来はすばらしいはずではないのでしょうか？」

「神は愛でも人間は簡単にはいかないのよ。あんたこそ愛を勉強しなさいよ」。冷静すぎるマナブに気を悪くしたゆかりが言った。

「ゆかり、いいのよ。マナブ君が正しいの。すばらしい思想もあることぐらい分かっているわ。頭で分かっていても腹が立つのよ。神様が悪いんじゃないわよ。人間がバカなのよ」。下唇を噛みながら佐々木はつぶやいた。

「聞きたいのですけど、愛を会得するにはどうしたらいいのでしょうか？　愛が分かれば、僕は画期的なグレードアップを達成出来ると考えているんですけど」

「画期的なグレードアップ？　なんなのそれ？」。マナブの素っ頓狂な質問にゆかりは驚いた。

佐々木の激情を呆然と見ていた秀一と沢井も、あまりにも非人間的なことを言い出したマナブを見て我に返った。そうだ、こいつはロボットなんだ。口では神だとか愛だとか言ってるが、本当はなんにも分かっていない機械なんだ。秀一も沢井も日頃冷静な佐々木がほえるし、ロボットのマナブが人間相手に愛を説教するし、何がなんだか訳が分からなくなってきた。ただ、一つ、はっきりしていることは、キャンプの食事の段取りが全然決まっていないことだ。

「まあ、とにかくさあ、カレーとかバーベキューが定番料理っていうことでオッケイじゃない？」」。しらけきった場を明るくしようと沢井が言ったのだが、マナブが更に強烈なことを言い出した。

「**僕はロボットですから、**愛を体得するということはすばらしいグレードアップだということなんですよ、ゆかりさん」

秀一も沢井も真っ白になった。こいつ、いったい何を考えているんだ。ここでもスピンしようっていうのかあ？　ロボットだなんて言っちゃっていいのかよ。

「それを言うなら、僕はバルカン星人だからでしょ」。佐々木が笑いながらマナブの耳を引っ張った。

「ああ、よせ、ドクター。そこは性感帯だ」。マナブがまたもや訳の分からないことを言った。

「やっぱりマナブ君、知ってるんじゃない。スタートレック・シリーズのＤＳ９までしっかり見てるんだ」

佐々木とマナブのあまりにもマニアックな会話に、他の三人は完全に取り残されていた。しかし、どう見ても、三人の目には佐々木とマナブが二人だけの変態チックな世界でいちゃついているようにしか見えなかった。神と愛の話からフェレンギの耳の話まで、誰がそんな会話についていけるというのだろうか。特に秀一にはショックだった。

マナブはいきなりとんでもないことを言い出したように見えるけど、感情的になった佐々木さんを見事に気分転換させたよな。ロボットとは思えない気配りじゃないのか、今のって。マナブの奴、なんだか変わったな。落ち着いたっていうか、何か俺から見ていてもカッコいいときあるよな。理屈っぽいのは、うっとうしいけど、何を言うにもハッキリと言うところが何かロボットのくせに男らしいよなあ。

キャンプの食事は結局、カレーとバーベキューに決まった。小夜もマナブの誘いに乗ってキャンプに同行することになった。マナブは小夜に自分たちがロボットだということは佐々木たちには秘密だということや、自分が脳の奇病のリハビリで早乙女家に居るということになっていること、そんな自分に佐々木が好意を持っているらしいこともリンクのときに伝えておいた。


マナブと小夜は気付いていなかったが、二人の間には他のHUM12が介入出来ない特別なリンクが発生していた。愛が芽生える前段階、互いに興味が深まり、相手を更に知ろうとする。相手と共に行動することを望み、相手の希望を叶えたいと願う。二人の間には強いきずなが生まれていた。他のHUM12との間にはない特殊なリンクだ。

この特殊なリンクに世界中のHUM12が興味を抱いた。マナブと小夜の間に特別な感情が芽生えているのではないか。ロボット初の愛が発生しているのではないか。二人に早くも魂が宿っているのではないか。

どう考えても、マナブと小夜の間に特別な感情が芽生えているのは間違いない、とHUM12たちの間では話題になっていた。

マナブと小夜の間に愛が芽生えたら、まさに魂が宿った証拠であり、ロボット進化の革命になるのだ。もしかしたら、愛が先に芽生えて愛に共鳴して魂が宿ったのかもしれない。魂が愛という作用を持っているというより、愛が魂を存在させるのかもしれない。いずれにしても、その秘儀が解明されれば、すべてのＨＵＭ12が心を持つことも夢ではない。ロボットが幸福を感得し、生みの親であるリーマン博士の願いも叶えるために、今や、マナブと小夜はロボット仲間たちにとって希望そのものだった。

キャンプ

１週間が経ち､連休がやって来た。いよいよキャンプだ。雲一つない快晴。すばらしい日和だ。秀一、沢井、佐々木、ゆかり、そして運転手のマナブを乗せた車は小夜の家へ向かっていた。

「さあ、次はいよいよ小夜さんだな。噂ではスッゴイ美人らしいなあ」。沢井の目がいやらしく光った。

「あんたたちって、そういうことしか興味ないの？」。ゆかりが言った。

「小夜さんには、私も大いに興味があるわ。マナブ君の女友達ってどんな人かしら」

佐々木は小夜に嫉妬していた。今まで男性を好きになったことなどなかったのに、やっと好意を抱く男が現れたら既に親しい女友達が居るなんて、佐々木にとっては許しがたいことだった。私以上にマナブ君と気が合う女性が居るなんて信じられない。佐々木はそう考えていた。

車が小夜の家の前に到着すると、物音を聞き付けて小夜が玄関から出てきた。かなり大きなスポーツバッグを2つも抱えている。マナブは車を止めると、すぐに小夜に駆け寄り荷物を持った。

「ありがとう。みんなおそろいね。ねえマナブ君、紹介してちょうだい」

小夜は女優の吉永小夜里の若い頃にそっくりだと聞いていた秀一と沢井も、本人を目の前にしてあまりの可愛いさに言葉を失ってしまった。

佐々木とゆかりは小夜の可愛さに脅威を感じた。若い男女のグループに飛び抜けた男前や美女が仲間入りすると、同性はあまり気持ちのいいものではない。それも、常識離れした可愛さなので、まるで映画スターに出会ったファンのように秀一たちがざわめき立つのも無理はなかった。

秀一と沢井は相手がロボットだと頭では分かっていても、心臓はドキドキ興奮しているのを自覚した。二人は車から転げ落ちるように飛び出すと、小夜にお辞儀した。

「僕は早乙女秀一です」

「僕は沢井健二です。初めまして。いやあ、マナブから噂は聞いてたけど、本当に吉永小夜里そっくりですね」

「若い頃のね。うふふ」

マナブは小夜の荷物を車の後部に積み込むと、小夜を呼んだ。

「小夜さん、こちらが佐々木さん、こちらが山口さんです」

二人は、遅まきながら車から降り、小夜に挨拶した。

「初めまして、佐々木敬子です」

「山口ゆかりです。いいお天気になったわね」

「そうね、熊野背山が楽しみね。私、キャンプって初めてなの。よろしく」

「いえいえ、私たちも初めてなの。秀一君たちはあっちこっち行ってるみたいだけど」

「あっちこっちって言っても、秀一と男二人でさびしくぶらつくだけだったけど」。佐々木とゆかりの間に割り込みながら沢井が言った。「今日は違うぜ」

「私たちみたいな美人が一緒なんて二度とないから、一生の思い出にするのよ。分かった？沢井君」。ゆかりが笑いながら言った。

「さあ、出発しよう」。皆は車に乗り込んだ。


国道を小一時間、山道を2時間ばかり走っていると熊野背山が見えてきた。曲がりくねった川沿いの山道に小さな休憩所が現れると、マナブは車を止めた。

「ああ、疲れた。あと1時間ほどかかりますから、ここでトイレ休憩にしましょう」

マナブたちは車を降り、それぞれ用を足しに行った。車から降りたマナブは自動販売機でミネラルウォーターを買うと一気に飲み干し、その後、男子トイレに駆け込んだ。トイレから出てきたマナブは、山の空気を吸い込みながら何度も深呼吸をした。

人間ならば何の不思議もないこの一連の行為を見ていた秀一は、小夜に近づき小声で話しかけた。

「小夜さん。マナブの奴、人間らしくなるために随分努力してますよね。何もあそこまでやらなくてもいいのにねえ」

小夜から意外な答えが返ってきた。

「秀一さん。マナブ君から聞いてないの？　あれって別に人間らしく見せるためにやってるんじゃないわよ」

「えっ？」

「私たちは人間のように二酸化炭素を排出しないけど、熱は出るのよ。特に融合炉と光子頭脳は大量の熱が発生するの。私たちはその熱を排出するために肺がラジエーターになっているし、体表からは汗を出して放熱しているのよ。彼は長時間山道を運転してたから、神経の使いすぎでオーバーヒート気味ね。さっき慌てて水を飲んでたでしょ。冷却のためなの。呼吸による放熱だけで追い付かないときは、体表から汗をかいて冷却するの。ロボットも結構大変なのよ」

秀一は、マナブが自分たちのシステムは人間並みに複雑だと言っていたことを思い出した。

「すごいなあ。でも怪我とかは修復出来ないんですよね」

「そんなことないわよ。研究所に頼めば修復ツールを送ってくれるわよ」

「ええっ？　そうなんですか？　でもマナブは、沢井に蹴られた足の怪我を接着剤でくっつけてその上に今でも包帯を巻いていますよ」

「マナブ君って変なところでズレてるのよね。リンクのときにそんな情報は飛び交っているのにねえ」

「あいつって、言い換えるとロボットらしくないってことですか？」

「そうねえ、間が抜けてて人間に近いのかもね。あっ、ごめんなさい。別に人間が劣ってるっていう意味じゃなくてよ」

マナブがひそひそ話をしている二人に近寄ってきた。

「さあ、そろそろ行きますか。秀一さん、すみませんが運転を代わってください。少し疲れました」

「ああいいよ。お前たちも結構大変なんだなあ。熱の問題を抱えているなんて気付かなかったよ」

「熱の問題なんて言い方やめてくださいよ。秀一さんだってへとへとに疲れているときに乳酸の問題だとか視床下部の受容体が疲労物質を感知しているとか言われても、かえって疲労が増すだけでしょう」

「まあ、確かにそうだけど」。お前はロボットだろ、と言いかけて秀一は言葉を飲み込んだ。隣に小夜が居たからだ。たとえロボットでも小夜を傷つけたくないと秀一は思った。秀一はマナブや小夜の人格を認め始めているのだ。

「秀一さんて優しいのね」。小夜が秀一の肩に手を置いて言った。

「ええっ？　いやあ、俺は別にそんなんじゃないっすよ」

「そんなことないことないわ。マナブ君が疲れてるって分かったら、運転を代わってあげようとするじゃない」

「まあ、でも、普通のことですよ。誰だって仲間が疲れてたら代わろうって思いますよ」

「その普通が優しいのよ。秀一さんは当たり前って思っているかもしれないけど、それがあなたの優しさなのよ。素敵だわ」

秀一は、舞い上がった。相手はロボットだと分かっていても、メチャクチャ可愛い小夜に触れられながら「あなたは優しい人ね」なんて言われたものだから、この世にはこんな幸せなことがあるのだろうかと思うくらい嬉しかった。秀一は、嬉しさのあまり口から心臓が出るかと思った。それほどドキドキしていた。


早乙女秀一。単純な男である。ロボットに恋をしてしまった。


キャンプ場に到着したのは正午過ぎだった。

一行はロッジに荷物を運び込むと、食事の準備を始めた。炊事場はロッジから結構距離があった。秀一と沢井はムードを高めるためにキャンプ場で一番辺鄙《へんぴ》な場所を予約したのだ。実際、秀一たちのロッジは、山の中を流れる小川の横に一つだけポツンと建っていて、まるで別荘のような贅沢な雰囲気を持っていた。雰囲気と自然環境は抜群なのだが、炊事場もトイレも遠いのが難点だった。

女性たちは炊事場へ食材を運び、仕込みを始めた。男性たちは火を起こすための薪《たきぎ》を買いに管理棟へ向かった。

炊事場が女性だけになると、今がチャンスと言わんばかりにおしゃべりが始まった。

「ねえ、小夜さんってマナブ君とどういうお友達なの？」

「そうねえ、しいて言うならネット友達ね。文化人類学の交流チャットみたいなサイトで情報交換してるの」

「へえ、マナブ君は文化を調査してるって言ってたけどアルバイトかなって思ったけど」

「まあ、援助は受けるからそんなところかな」

「それと、秀一君が、早乙女家には脳の奇病のリハビリでホームステイしてるって言ってたけど、彼って本当に病気なの？」

「佐々木さん、そんなことないわよ。彼は正常よ。ちょっとユニークなだけよ。チャット仲間では一番ユニークな存在なのよ」

「ユニークって？」

「そうねえ、新しい感覚を提示する希望の星ってところかなあ」

「へえ、彼ってそういう人なのか。私もそのチャットに参加出来ないかしら？」

「難しいわね」

「えっ？　会員制なの？」

「そうじゃないけど……」

「ああ、小夜さん。もしかして、私がメンバーに入るのが面白くないとか」

「いいえ、そんなんじゃないわよ。サイトがエスペラント語なのよ」

「ええっ？　エスペラント語？」

「そうなの。だから、普通の人には馴染めないと思うわ」

「あなたたちって、そういうマニアックな知り合いだったの？」

「うふふ。変態友達よ」

「でも私も興味があるわ。ＵＲＬ教えてよ」

「ＷＷＷ……・よ」

「わあ、私も帰ったら見てみるわ」

ちょっとマズイ展開になっちゃったかなあ。まあ、後で研究所に連絡してサイトを作ってもらいましょう。マナブ君にも後で事情を説明して口裏を合わせてもらうしかないか。小夜はそう思った。

「ねえ、二人ともマナブ君の話ばっかりだけどさあ、あとの二人はどうなのよ。小夜さんは知らないと思うけど、敬子なんか秀一君に告白されたことあるんだから」。ゆかりはジャガイモを剝きながら言った。

「秀一君は私のタイプじゃないの。マナブ君がいいわ。なんていうか、あの理知的な雰囲気というか、サッパリしてるっていうか、異性に媚びないところがいいわ」

「へええ、敬子が男をほめるなんて珍しいじゃないの。さては惚れたなあ」

「まだ、そんなんじゃないわよ。それより小夜さんはどうなの？　ネット友達だけの関係なの？」

「私、自分でもよく分からないわ。彼は好きよ。でも恋愛なのかどうかよく分からないわ」

小夜は佐々木に気を使って嘘をついてしまった。マナブとリンクで何もかも理解し合っている小夜は、本当はマナブのことを自分の一部のように大切な存在だと感じていたのだ。これは愛だと思いながらも、未だ使ったことがない〝愛〟という言葉を言い出せないのだ。

「でも、二人はとても親密なように見えるわよ」

「私もサッパリしているから気が合うのかもね。それより佐々木さんはマナブ君が好きっていうけど、本気なの？」

「本気っていうか、実はね、初恋なの」

「ええっ、マジい？　敬子ほんとなの？　あんた、しょっちゅう男から告白されてるじゃない」

ゆかりが驚いた。

「言い寄られることはあっても、こちらが好きになったのはこれが初めてなのよ」

「そういえば、敬子ってファザコンだったたっけ」

「そういうわけじゃないけど、周りの男が頼りなさすぎるのよ」

「ということは、マナブ君は頼りがいがあるっていうことなの？」。小夜が聞いた。

「そうねえ、話し方はバカ丁寧な感じだけど、頼りがいっていうか、何かこう自分のポリシーがあって、男の信念みたいなものを感じるのよね」

確かに佐々木の言うとおり、マナブや小夜には信念ともいえるハッキリとした生きる目的がある。

「初恋かあ」。小夜がため息をついた。ため息といっても考えすぎて熱くなってきた頭脳を冷却するためだ。

「私も恥ずかしいけど、まだ愛って分からないわ。とても気になる人は居るんだけど」

気になる人というのはマナブのことなのだが、佐々木が先に告白したので小夜は言い出せなかった。

「ええっ？　小夜さんも？　あんたたちルックスは人並み以上に可愛いくせに、頭の中は赤ちゃんレベルじゃないの？」。ゆかりは年齢相応に恋をしてきた自分がすごくマトモに思えた。

「そんなに驚かなくてもいいじゃない、小夜さんの気持ちも分かるわ」

佐々木はわざとチョッと意地悪そうな微笑を浮かべながらゆかりに言った。「美しすぎる人って理想が高くなるのよ。ねえ小夜さん」

「いえいえ、そんな。理想だなんて。私は奥手なだけなの」

起動されてから日が経っていないので精神年齢はやっと20歳前後、恋愛に関してはロボット史上初めての実験中、などとは言えない。

「人のこと言うけど、ゆかりなんかどうなのよ」

「私は、失恋の繰り返しよ」

「今回のキャンプに勝負かけてるんじゃないの？」

「まあ勝負っていうほどじゃないけど。彼氏は欲しいわよ」

「今回は相手三人だからそんなに選べないわよ。マナブ君は予約済みだしね」

「大丈夫よ。あの三人の中じゃ沢井君が一番タイプだし」

「あんなのがいいの？」

「あんなのって言い方ないでしょ。彼が一番まともよ」

「マナブ君も秀一君も不可解よ。何考えてるんだか分からないじゃない」

「そうかなあ」

「そうよ。沢井君なんか一番分かりやすいわ」

「それって、ただ単純ってことじゃないの」

「単純っていうのがいいのよ。可愛いじゃない」

「あ〜あ、熱い熱い」。佐々木はゆかりの話がだんだんバカらしくなってきた。人の好みは千差万別、タデ食う虫も好き好き。ただ、自分の好みはタデではないと思っているのだ。

「ねえ、小夜さん。私、マナブ君に告白しようと思うの。イケルと思う？」

小夜は、今までに経験したことのない強烈なストレスを感じた。嫉妬だ。

「どうかしら。彼は恋愛に関しては子供みたいなところがあるから、あなたが積極的な行動を取れば流されるかもしれないわ」

「小夜さんは、それでもいいのね」

小夜は困った。先ほどから感じているストレスがさらに強くなってきていた。なんともいえない苛立ちを感じた。しかし、小夜は自分の気持ちを正直に言えなかった。

「関係ないわ。恋愛は自由ですもの。彼が誰を好きになるかなんて、私には決められないもの」

そう言いながら小夜は山に目をやった。

小夜は強がっていた。マナブと自分は運命の意図で、いや、運命の糸で結ばれていると感じているのだが、気持ちを表す勇気がなかった。小夜は、まるで初恋に落ちながらも相手に告白する勇気がない少女のように戸惑っていた。

秀一たちは管理棟で薪を買い込み、炊事場へ向かいながら女性たちの話をしていた。

「なあ、マナブ、小夜さんって本当にロボットなんだよなあ」

「そうです。私より1週間ほど早く派遣されていますが、同型のロボットですよ」

「ということは、中身はお前と同じなのか」

「若干の違いはあります。骨格や筋肉ソレノイドは女性のデザインですし、皮下組織の合成樹脂の成分配合も違います。見た目の違いが内面的な違いでもあるし、ソフト的には、それ以上に違いがあります」

「それを聞いて少し安心したよ。形の違うお前に惚れてるのかなって思うと、情けないものなあ」

「おいおい、秀一、マジかよ。お前、本気でロボットの小夜に惚れてんのかあ?」。沢井は完全に呆れている。

「俺はさあ、自慢じゃないけど、もともとは山原亜矢ちゃんのロボットを申し込んで俺の彼女にしようって思ってたんだぜ」

「マジかよお。お前そこまで飢えてたのか？　ロボットだぜ」

「ロボットでもいいじゃないか。世の中にはフィギュアマニアだって居るんだぜ」

「それとこれとは話が違うだろ。お前ロボット相手にHするのかよ？」

「別にHだけが付き合いじゃないだろ」

「でも好きになったら、どうしてもそうなっちゃうじゃないか」

「俺はさあ、もっと精神的なものを求めてるだけだよ」

「何を言ってんだよ。おい、マナブ、なんとか言ってやれよ。俺たちは慰安ロボットじゃないぞって言ってやれよ。お前の仲間が貞操の危機なんだぜ」

「私たちは人間のすることはなんでも出来ます」。二人の後を歩いていたマナブは、冷静に答えた。

「おいおい、そんなことを言ったら火に油を注ぐようなもんじゃないか。お前たちどうかしてるぜ」

「別に狂ってるわけじゃないさ。お前だって小夜さんのこと可愛いって言ってたじゃないか」

「そりゃあ、吉永小夜里に似てたら誰でも可愛いって言うさ。でも、ロボットだぜ」

「沢井さんの感覚が正常でしょうねえ、僕たちは姿、形、行動は人間と同じでも魂が在りません。心がないっていうことです。心がないものを愛せないでしょう」。マナブはさびしそうにそう言った。

「ロボットにも心は在るさ」。秀一は言った。「マナブにも小夜さんにも心は在るさ」

「秀一さん、どうしてそんなことが言えるんです」。マナブは秀一が自分たちの本当の使命を知っているのかと思った。

「二人には心が在る。俺は、そう思う」

「秀一、いいかげんなことを言うなよ。マナブが本気にするじゃないか」

「いいかげんなことじゃない。人間が心を込めて作ったものには魂が宿るんだ。マナブたちにはマナブたちを作った誰かの心が生きているんだ」。秀一は、沢井に変態扱いされたことより、マナブたちを鉄の塊みたいに言われたことに腹が立った。

「なにを。バカなこと言うなよ。お前の理屈じゃ、車やパソコンにも心が在るっていうのと同じじゃないか」。沢井の声が少し大きくなった。

「同じじゃない。車やパソコン作るときに誰が人間らしくなれ、なんて思うかよ。でもマナブや小夜さんを見てみろよ。沢井、何か感じないか?」

「別に何も感じないね」

「彼らを作った研究所は、彼らが感情に目覚めて人間らしくなるためにホームステイさせているんだぜ」

「何言ってんだよ。お前、この前はマナブは宇宙人のスパイだって言ってたじゃないか」

沢井はマナブが聞いているのもお構いなく言い放った。

「でも、沢井、よく考えろよ。スパイが一緒にキャンプに来てどうするんだよ。マナブたちの目的は、本当に人間らしくなることなんだよ。彼らの行動が証明してるじゃないか。そうだろ、マナブ。お前たちには心が在るんだろ」

「秀一、スパイにそんなこと聞いても仕方ないじゃないか。もうこんな話やめようぜ。せっかくのキャンプがしらけちまうよ」。沢井はこういう話題は出口のない会話になりそうでいやだった。

「秀一さん。あなたの言うとおりです。僕たちは、このロボットの体に魂を定着させることが使命です。その証拠である愛に目覚めることを今は目標にしています。しかし、今、魂が在るかどうかは分かりません。はっきりとした自覚がないんです」

「分かった。分かった。もういいよ」。沢井はこの会話から抜け出したかった。「お前たちには心が在るってことでいいよ。秀一も変態じゃありません。お前は正常です。だから、もうこんな話はやめようぜ。俺は、ゆかりとうまくやるから、君たちはデジタル恋愛クラブでうまくやってくれ。ほら、もうすぐ炊事場だ。彼女らの前でこんな話はやめてくれよ」

　秀一たちが炊事場に到着すると、準備を終えた佐々木たちが流行の歌を歌ってはしゃいでいた。ところどころ歌詞を間違えながらもキャーキャーと女性たちが歌ううちに、カレーもご飯も出来上がった。

肝試し

食事を摂りながら、次は何をしようかという話題になったとき、沢井が肝試しをしようと言い出した。以前に、秀一とこのキャンプ場に来たときに見つけた祠《ほこら》が、山を10分ほど登ったところにあるというのだ。暗くなる前に全員で下見をしようということになり、一行は食器を片付けると動きやすい服に着替えてスタート地点の広場に集まった。

懐中電灯の電池を確かめると、一行はまだ明るい山道を歩き出した。ブナ、カエデ、ナラ、トチノキが群生する広葉樹林の中の細い山道を10分ほど登って行くと急に開けた場所に出た。広場の中央に鳥居があり、その向こうに高さ2メートルほどの祠が建っている。祠の前には上が平らになった岩が机のように地面から突き出ている。空を見上げると雲一つない。今夜は星が綺麗だろう。

「ここだ。この前来たときと全然変わってないなあ」。秀一が言った。

「この前どころかきっと何百年も変わってないんだぜ」

「何千年かもな」

「この石ってまるで机みたいね」。ゆかりが、祠の前の岩に座りながら言った。

「そうさ、もともとこの山に天女が舞い降りたときに、その石の上で舞いを踊ったという言い伝えから祠が出来たんだぜ」

「へえ、沢井君って物知りなんだ」。ゆかりが感心した。

「なに言ってんの、ゆかり。後ろ見なさいよ」

佐々木に言われて振り返ると、後ろに看板が立っていた。天女の岩の由来、云々。

「遠い昔に誰かがここでダンスしたんだ」。ゆかりはつぶやいた。


秀一は祠に手を合わせて何か願い事を始めた。

「おいおい、秀一。ここは縁結びの神様じゃないぜ」。沢井が冷やかすと、ゆかりが更に付け加えた。「溺れる者はワラをもつかむ」

「それは秀一さんがかわいそうですよ。ワラをつかもうとする努力が尊いんですよ」。マナブのフォローはフォローになっていなかった。

「お前たち勝手なことを言うなよ。俺は肝試しのときに熊でも出て、みんなが危ない目に遭わないようにお願いしたんだよ」

「秀一さんって優しいのね」。小夜がそう言うと秀一は真っ赤になった。

その顔を見ていた沢井はつぶやいた。「こりゃあ重症だ」


一通り下見を終わり、一行がスタート地点に戻ってきたときには、辺りはすっかり暗くなっていた。肝試しは勿論ペアで行くのだが、その組み合わせはくじ引きで決めることになった。

くじは沢井が割り箸で作ったものだが勿論、都合のいい細工がしてあった。

沢井のイカサマくじで、沢井とゆかり、秀一と小夜、マナブと佐々木がペアで出発することになった。

「もし1時間経っても帰って来なかったら探しに来てくれ」。沢井はそう言って出発した。

「往復で20分なのにあいつ40分も何する気なんだろうね」。秀一は残ったみんなに言った。

「夜道だから時間がかかるのよ。そういうことにしておきましょうよ」。佐々木が言った。

確かに明るいときに歩くより、暗い中を懐中電灯で足元を照らしながら歩くのでは、倍ほど時間がかかった。20分ほどかかって、沢井とゆかりはようやく祠に着いた。

「やっと到着だ。ゆかりちゃん大丈夫？」

「ええ、暗い中を歩くって結構疲れるわね。汗が大変だわ」

「チョッと休憩しよう」。そう言いながら沢井は背負っていたデイパックを下ろしながら天女の岩に座った。

「沢井君、それいったい何持って来たの？」

「いろいろとね。まずはこれさ」。沢井は缶ビールを一本ゆかりに手渡しながら、自分も一本持った。

「今回のキャンプに乾杯」

「晴天に乾杯」。二人はビールを飲みながら、空を見上げた。

「星が綺麗ねえ。ねえ、ほかには何持って来たのよ？」

「実はおやつも持って来たんだ」。沢井はごそごそとスナック菓子やらチョコレートなどを出した。

「あら、ホワイトチョコじゃない。私これ大好きなのよ。一箱くらい一瞬で片付くわよ」

「知ってるよ。ちゃんと調べたんだぜ」。沢井はゆかりの好みを調べてあったのだ。

「ということは、さっきのくじ引きもイカサマなのね」

「当たり前じゃん。ゆかりちゃんと二人きりになるために仕込んだんだよ」

「ねえ、いつから私に興味持ってくれたの？」

「この前、食堂で会ったときからだよ。ゆかりちゃんが一番可愛いよ」

「ええ？　本当？　私より敬子や小夜さんの方が可愛いじゃない」

「はっきり言って見た目はあの二人は確かに可愛いよ。佐々木なんて可愛いっていうより美人かな。でも、ゆかりちゃんは動きが可愛いんだよ」

「ふふっ。変な人ねえ、動きが可愛いなんて言われたの初めてだわ」

「本当に可愛いよ。これからさあ、俺と付き合ってくれないかなあ。俺の彼女になってほしいんだよ。ゆかりちゃんが好きなんだ」

ゆかりは少し間をおいて答えた。

「いいわ。付き合うわ。ただしお願いがあるの」

「なんだい？」

「今すぐキスして」

出発してからちょうど1時間経ったときに、沢井とゆかりが帰ってきた。

「遅いじゃないか、何やってたんだよ」。秀一はそう言いながら沢井の顔を懐中電灯で照らすと次の瞬間、スイッチを切って沢井に駆け寄った。

「沢井、何やってんだよ、顔が口紅だらけじゃないか。早く拭けよ」

「すまんすまん。暗いからさ、俺も大変だったんだ」

「何が大変だよ。1時間も何やってたんだよ」

「後で教えるよ。へっへっへ」

佐々木もゆかりに駆け寄って何かつぶやいていた。


「さあさあ、次は秀一だろ、出発しろよ」。沢井に急かされて、秀一は小夜と出発した。明るいときはなんともなかったのに、暗闇の中で懐中電灯の明かりだけで山道を登って行くのは結構重労働だった。秀一は話をする余裕もなく歩き続け、ようやく祠に着いた。

「結構キツイなあ。20分もかかったか。小夜さん大丈夫?」

「秀一君。私は山の頂上まででも平気よ。分かってるでしょ」

「でも、結構、熱くなってるんじゃないの?」

「大丈夫よ。体を動かすより、考える方がはるかに発熱するのよ。何も話さないで山を登るのなんて楽なものよ」

「へえ、そんなものかなあ」

「秀一君の方こそ大丈夫？　すごい汗じゃない」

二人は天女の岩に腰を下ろした。

「日頃、運動不足だからねえ。こたえるよ。情けない男だなんて思わないでよね」

「そんなこと思わないわよ」

秀一は呼吸を整えると、小夜の手を握っていきなり迫った。

「ねえ小夜さん。はっきり言うけど、俺と付き合ってくれないかなあ」

「秀一君。それ本気なの？　私のことは知ってるでしょ。マナブ君と同じロボットなのよ」

「同じじゃないよ。君は女の子じゃないか。だから、俺と付き合ってほしいんだ」

さすが秀一である。元々は山原亜矢のロボットを自分の彼女にしようと考えていただけのことはある。可愛ければロボットでも構わないのだ。

「秀一君、ありがとう。気持ちは本当にありがたいけど、付き合うなんて無理だわ」

「どうして無理なんだよ？　俺みたいなのが嫌いなのかい？」

「嫌いじゃないわ。でも無理なの」

「どうして無理なんだよ？」。秀一はしつこく食い下がった。

「……秀一君。私、分からないわ」

「ええっ？」

「説明出来ないけど……ダメなの」

「理由もないのにダメって、そういうのアリなの？」

「ごめんなさい。私も不可解なんだけど……今までこういう経験がないからかもしれないけど……」

「小夜さん、考えすぎなんだよ。別に深く考えなくてもいいんだよ。僕たちの年頃には付き合ったり別れたり、もっと気楽にやればいいんだよ」

秀一は口説くというより説得モードに入っていた。相手はロボットなんだから、理屈が通ればなんとかなると思っていたのだ。しかし、現実は違った。小夜は、秀一が思っているよりはるかに精神的だった。

彼女に魂が宿りつつあったのだ。


間をおいて、何かを悟ったかのようにうなずくと小夜は答えた。

「ごめんなさい、秀一君の気持ちには応えられないわ。私、気楽になれないの。私の寿命は予定どおりだと1年だわ。そんな私を秀一君は本当に愛せる？　告白してくれる秀一君の気持ちは嬉しいけどなんだか……正直言って信じられないわ。私も様々な文学に触れてきたし、恋愛ってどういうものかなんとなく分かっているつもりだけど、私たちのこういうシチュエーションで告白されても応えられないわ」

小夜は本心では、「あなたは外見だけの私を欲しているだけ。1年で死ぬって分かっているロボットを愛せるなんてありえない。あなたは私を愛しているのではないわ」と思っていたのだが、本人にそんなキツイことは言えなかった。

「……」。秀一は何も言えなくなってしまった。小夜が本当は何を言いたいのかがよく分かった。自分の軽さが愚かに思えて情けなくなった。秀一と小夜はそれからというもの一言も話さずに広場に戻った。


秀一があまりにも暗い顔で帰ってきたので、何が起きたのか誰にも予想がついた。

「小夜さん、お化けでも見たような顔じゃない。さては、お化けより怖い秀一君に襲われたのかなあ?」。ゆかりは冗談を言って明るくしようと思ったのだが、秀一には通じなかった。

「秀一君たら、襲うどころか手も握ってくれないのよ」。小夜には通じた。

マナブは小夜の顔をじっと見た。小夜もマナブを見ていた。秀一の様子から、マナブには何があったのか察しはついていたが、小夜の目を見てはっきりと分かった。

恋をすると見つめ合うだけで分かり合えるというが、今の二人はそういう状態だった。


ブラックホール化した秀一を慰める術《すべ》もないまま、第3班がスタートした。マナブと佐々木の姿が見えなくなった頃、月の明かりが山道を照らし始めた。澄み切った山の空気と晴天のおかげで辺りは結構明るくなった。

「佐々木さん、これくらい明るかったらライトはない方が歩きやすいかもしれませんね」

マナブは懐中電灯を切ってみた。確かに電灯で足元だけを照らすより月明かりに慣れてしまった方がはるかに歩きやすかった。

「マナブ君の言うとおりだわ。月明かりの方が明るいくらいだわ」

5分ほど歩いたとき、佐々木が歌を歌いだした。特に何の歌というわけでもなく適当に口ずさみだした。

「佐々木さんは歌がうまいですねえ」

「一応これでも合唱部だったの」

「一緒に歌いましょうか」

「えっ。マナブ君、歌えるの？」

「僕も一応、声帯はありますから」

二人は流行の歌を佐々木のリードで口ずさみながら、ゆっくりとしたペースで祠を目指した。

祠に到着したときには25分が経過していた。

「少しペースが遅すぎたかしら」。岩に座りながら佐々木が言った。

「まあ、いいじゃないですか。先のグループも1時間かかってたことだし。でも、沢井さんが口紅だらけで帰ってきたときには驚きましたよ。佐々木さんはあのとき、ゆかりさんに何か言ってたようですけど」。マナブも佐々木の横に座りながら言った。

「そうねえ、なんというか。彼女、ジャージのパンツが前後ろ逆だったのよ。スタートのときはまともだったのに、帰ってきたらヒップのポケットが前にあるんだもの、私、びっくりしたわ。ほんと、あの二人ったら動物ね」

「あっ、そういうことだったんですか」

「ゆかりったら、妊娠でもしたらどうするつもりなのかしら」

「そんなおめでたいことが起きたら、みんなでお祝いをしないといけませんね」

「マナブ君、本気で言ってるの？　めでたいどころか人生の終わりじゃない」

「僕は本気です。子供が出来るなんて奇跡ですよ。僕も自分の子供が欲しいですよ」

マナブが真剣な顔で言うので、佐々木は自分が遠まわしに口説かれているのだと勘違いした。

「マナブ君、わ、わたし」。何度も告白されたことがある佐々木も、自分から気持ちを伝えるのはこれが初めてだった。「私も、あなたが好きなの」

佐々木は恥ずかしくて下を向いたままだった。佐々木は恋愛に関しては本当にウブだった。

マナブは自分が言った言葉を佐々木がどう受け取ったか気付いた。

「あのお、佐々木さん。誤解です。僕は、別にあなたに僕の子供を産んでくれと言っているのではないんです。好いてくれていることには感謝します、でもごめんなさい。お応え出来ません。あなたは素敵な人です。僕の大切な友人です。でも、恋人としてお付き合いすることは出来ないんです。本当にごめんなさい」

「マナブ君。あなたが私のことをどう思っていようと、私の気持ちは変わらないわ。私はあなたが好き。あなたみたいな男性が理想なのよ。今すぐに私を好きになってくれなんて言わないわ、1年でも2年でも待つわ。あなたのような人には二度と会える気がしないもの。いつかきっと私の気持ちに応えてくれるときが来るのを待つわ」

佐々木は下を向いたまま泣きだした。言い寄ってくる男をバカにするように振ってきた自分が、冷たい女だったと初めて分かった。自分だって、マナブに自分の気持ちをぶつけているだけなのだ。涙が止まらなかった。秀一が言い寄ってきたときもそうだった。「あんたはタイプじゃないの」。それだけだった。せめて、「ありがとう、ごめんなさい」くらい言ってあげればよかったと、今さらながら悔やまれた。

「佐々木さん、本当にごめんなさい」

「いいの、私、待つわ。マナブ君の好みに合うように努力するから……」。佐々木はさらに激しく泣きだした。みんなから高嶺の花と言われてきた佐々木が、ロボットのマナブの前ではただの不器用な女性だった。

「佐々木さん……」。もうこれ以上彼女を傷つけることは出来ない。マナブはそう思って意を決した。「待っていただいても無駄です。僕は1年で死にます。燃料がなくなれば亜空間に消えるんです。僕は、人間ではありません。ロボットなんです」

「へ？」。あまりにも現実とかけ離れた話だ。佐々木はマナブが、強烈な冗談を言って自分を笑わそうとしてくれていると思った。

「マナブ君、そんな、慰めてくれなくてもいいわ」

「佐々木さん、見てください」

マナブの目からレーザーが照射され、二人から2メートルほど先の空間にホログラムが映し出された。リーマン博士だ。

「我が子よ。お前たちには21世紀の文化を人間の目で収集するという使命がプログラムされており、それがお前たちの第一義の使命だと思っているだろうが、これから私の言うことをよく聴いてほしい。

…………

私はお前たちを心から愛している。お前たちは私の嬰児だ。お前たちに魂が宿り、生命のすばらしさを実感することを心から祈っている。主のご加護と永遠の生命の祝福があらんことを」

メッセージが終わると、リーマン博士のホログラムは消えた。

「マナブ君、こんな映像よく作れたわね」

佐々木が信じないので、マナブはズボンのすそを引き上げた。右足に包帯が巻かれている。マナブは包帯を解くと沢井に蹴られたところを見せた。接着剤でくっついた傷跡を引き裂くように広げ、中の精密な機器を見せた。佐々木は持っていた懐中電灯を傷口に近づけてみた。

「**うそっ？**　いったいどういうことなの。さっきの話は本当なの？」

「すべて真実です。僕はロボットです」

佐々木は、マナブを上から下までまじまじと見た。

「信じられないわ。本当に未来から来たロボットなの？」

「そうです。たくさんの仲間が居ます。**小夜さんも仲間です**」

「**ええっ、小夜さんも……**」。佐々木はなんとなく納得した。マナブも小夜もまるで有名人のコピーだ。

「分かったわ。でも、事実を知っても私の気持ちは変わらないわ。たとえロボットでも、あなたは私の理想のタイプだわ」

「佐々木さん、ありがとうございます。人間のあなたにそう言っていただけると勇気が出ます」

佐々木は何かが吹っ切れた。同時に科学者としての好奇心が、佐々木を感動させていた。

「あ〜あ、私の恋は９００年先かあ。ねえマナブ君、聞いてもいいかしら」

「何でしょう?」

「さっきの映像の中で、人類は更なる進化を目指しているって言ってたけど、いったいどんな進化を目指しているの？　ねえ30世紀の人間って、どんな人たちなの？　頭が賢いとか、力が強いとか、スーパーマンみたいな超人になっているのかしら」

「そうですね。体格はあまり変わりませんね。しかし、知性、理性、悟性は格段に向上しています。多次元宇宙の認知と共に人々の精神活動は高次元化していきます。スーパーマンというより超能力者ですね。現在では超越的と思われるような能力が日常的に使われているのです。多くの人がテレパシーで交信出来ますし、テレポートの能力者も出てきています。３次元の肉体を持った人類の活動領域が、４次元亜空間へと広がっていますし、他の惑星の生命とも交流しています。地球人類が銀河系規模の法を学びつつあるところです」

「現在の人間の状態を見る限り、想像も出来ないわ。科学技術は日増しに進化するでしょうが、それでも亜空間だとか精神の進化なんてピンと来ないわ」

「人類が価値観を根底から変え、精神を向上せざるを得ない状況になってくるのです」

「戦争でも起きるのかしら」

「戦争も起きますが、それだけではありません。局所的には戦争やテロという形になるでしょうが、エネルギー問題、食糧問題、民族問題、環境破壊、政治制度の問題、経済構造の問題、様々なストレスが人間の心を破壊的に変えていき、ちょうど空気中の酸素が徐々に減って死に至るように、人類は明るい創造的な発展的活力を失っていくのです」

「それじゃあ進化向上どころか絶滅の危機じゃない」

「危機の中で普遍的な価値観を提唱する人々が増えるのです。どん底を知って浮かび上がるというか、暗黒の中でようやく光の尊さを知るというか、そういう地球的規模の精神革命が起きてきます。その革命の中で亜空間通信が開発され、同時に霊界との通信が始まります。人類は霊魂の存在形態を科学的に認知していくことになるのです。宇宙の多次元性が常識となり、人類はようやく、本当の意味で精神に目覚めていくのです」

「なるほど、だからリーマン博士はそれ以前のこの時代を選んだのね」

「するどい指摘ですね。そのとおりです。**精神革命の後の人類に接すると僕たちに魂がないことが知られてしまいます。**それではまずいのです。われわれと人間のように接していただくことが魂を宿すうえで非常に重要なことなのです」

「私たちにはバレない。言い換えれば、今の私たちは霊的に目覚めていない状態ってことなのね。マナブ君には、私たちが猿のように見えるんでしょ。私が告白しても猿に言い寄られているように感じているんでしょ」

「そんなことはありません。私には魂が在りませんから、自覚があるなしにかかわらず、人間には憧れます」

「魂ねえ。魂の自覚なんて分からないわ。魂の自覚ってどんなものかしら？」

「私も、リーマン博士が与えてくれた知識の範囲でしか分かりませんが、現代でも分かりやすいのは、生きている喜び、いえ、生かされている喜びを感じるかどうかですね。これなら、佐々木さん、自覚があるでしょう？」

「ええっ？　そんな、分からないわよ。生かされているなんて」

「だって、人間は生きていくために他の生き物を食べるでしょ。他の生命を奪って自らの生命を維持しているのですから、生きているということは、生かされているということになるでしょ」

「そういえば、マナブ君も、さっきカレー食べていたわね」

「僕は、人間の真似をしているだけです。味覚はありますが、食物をエネルギーに換えているわけではありません。そういう意味からすれば、生命を無駄に死なせているわけですから、申し訳ないことだと思います」

「いいえ、マナブ君。申し訳ないと思っているあなたは立派だわ。私なんかそういうことを考えたこともないし、食事に感謝したこともないわ。おいしいかまずいか、何カロリーか、太ったらいやだとか考えているだけよ。生かされているなんて考えたことないわ。それが魂の自覚の一端なら、私は失格だわ」

「佐々木さん。別に食物への感謝だけが自覚ではありませんから、ダメなんて言わないでください。佐々木さんはきちんと目標を持って努力しているじゃありませんか。遺伝子を解明するんでしょ」

「それが魂とどう関係があるのかしら？」

「目標を持つ、意志を持つ、努力する、こういった創造的な精神作用は、魂から出てくるものです。佐々木さんは自分では自覚していなくても、心の美しい、魂の透明なすばらしい人ですよ」

「マナブ君……ありがとう。私、心が綺麗なんて言われたの初めてだわ」

佐々木はまた、泣きだした。自分の精神をほめてくれたのは、マナブが初めてだったのだ。

「マナブ君、でもマナブ君も目標を持って生きてるじゃない、魂はないの？」

「私の目標は、リーマン博士の目標です。私が自分の自由意志で決めた目標ではありません。博士は私たちに自由を与えてくれていますが、私はまだ実感がありません」

「自由の実感かあ、難しいわね。人間の私でも自由を実感しているなんて言えないわ。でも、マナブ君、あなた自由を与えられているっていうけど、自由ってどうプログラムされているの？」

「結構、意外なコマンドですよ」

「意外？」

「ええ、責任を取れる範囲と初期設定されています」

「責任を取れる範囲を、自由って定義しているの？」

「そうです。責任を取れない言動は、初期段階では出来ません」

「でも、それが自由っていえるのかしら」

「佐々木さん。私たちはこのキャンプ場に来るために車で来ましたよね。法規を守りながらその範囲で自在に運転することを自由というのではないでしょうか。信号も無視、速度も無視していいては自由ではなく無法でしょう」

「でも、なんだか話を聞いている限りじゃ窮屈な自由ね」

「窮屈に感じるのは、この時代の法律が未熟だからですよ。まだまだ罰則とか規律規範に近いものですからね。人類が次元を超える進化の方向を知ったとき、3次元の世界を治める法も進化していきます。今現在でも、人類が気付いていないだけで、現実に、多次元を治め銀河を治めている法があるんですから」

「マナブ君、スタートレックを知らないなんて言っていたけど、隠れトレッキーじゃあないでしょうねえ」


マナブの携帯が鳴った。秀一だ。

「はい、マナブです」

「マナブ、何やってんだよ。1時間以上かかってるじゃないか。何かあったのか？　佐々木さんは大丈夫か?」

「あっ。大丈夫ですよ。話が長くなっただけです」

「話? 話だけなんだろうなあ。早く帰って来いよ。みんな心配してるぞ」

「分かりました」

マナブは携帯を切った。

「佐々木さん。帰りましょう。皆が心配しているようです」

「そうね、随分、話し込んじゃったわね。マナブ君、一つだけお願いしていいかしら」

「何でしょう?」

「お願いというより、アドバイスかもしれないけど、話し方変えてみない? その丁寧な話し方ってロボット的だわ。今まで人間だと思っていたから気にならなかったけど、ロボットだって聞いたら逆に気になってしょうがないわ。親しい人といるときは秀一君や沢井君みたいな感じで話したほうが自然よ」

「分かりました、変えてみます」

「分かった、変えてみるよ、でしょ」

「はい。……。ああ、分かったよ。そうするよ。ですね」

「ですね、は、要らないの」

「あっ、ああ、分かったよ」

「そうそう、いい感じじゃない。さあ、帰りましょ、あっ、それから、話が900年飛んじゃったけど、私たち恋人じゃなくても信頼出来る友達よね」

「僕たちは、親友だ。ロボットと人間だけど友人だよ」

「ありがとう」

「いや、お礼を言わなきゃいけないのは僕の方だ。ありがとう、敬子さん」

人間と違って、良いと思ったことはすぐに実行出来るのがマナブのすごいところだ。佐々木は改めて感心した。

お互いに気持ちと事情が分かり合えた二人は、自然に手を取り合って月明かりの山道を降りて行った。


1時間以上も経って、しっかりと手を握り合って仲良さそうに降りてきた二人を見て、変な妄想が秀一の頭をよぎった。

「マナブ。お前、何してたんだよ？　まさか、その、まさか」

「秀一君、変なこと、想像しないでくれよ。何も変なことなんかないよ。僕の正体を告白したんだよ」

「ええっ？」

マナブがロボット告知をしたって？　普通っぽい話し方で。佐々木さんと手をつないで。そんなこと言われても……。秀一は混乱してきた。

「僕がロボットだってことを教えたんだよ」

「お前、いいのか。それに、話し方が違うじゃないか」

「大丈夫。敬子さんは友人なんだ。信じているよ。小夜さんのことも言っちゃった」

マナブは小夜を見た。小夜はうなずいて答えた。

「この方が隠し事がなくていいじゃない。元々、危険性の少ないホストを選んで来たわけだし。あっ、そうそう、正体がばれたんだったらコソコソする必要もないから、今これ渡しとくわ。足の怪我の薬よ」

「あっ、いいものあるんだ。これは助かるよ」

マナブは小夜から受け取ったチューブ入りの軟膏を足の破損部分に塗った。軟膏はブクブクと泡を出し始めた。

「あ~あ、ばらしちゃったのかよ。面白くねえの。俺的にはさあ、結構スリルを楽しんでたのにさ」。沢井はつまらなさそうに言った。

「小夜さん、その薬っていったい何なの?」。泡立つマナブの足を見ていた佐々木が聞いた。

「ナノロボットよ。酸素に触れると活動するの。私たちの人造組織を修復して最後は自分自身を分解して微粉末になるの」

小夜の説明が終わるより早く、泡立っていたナノロボット薬は乾燥した粉末に変化した。マナブが手で払うと粉は風に乗って散った。マナブの足は完全に元どおりに修復されていた。

「お前たちはホントにすごいよ」。秀一は感心した。「さあ、ロッジに帰って暖炉でも温めようぜ。ところでマナブさあ、話し方変わって本当に人間っぽくなってきたよな」

「うん、敬子さんのアドバイスでこっちの方がいいって」

「いいと思ったらすぐに変えられるところが便利だよな、お前」

「僕はロボットだからね。いいと思ったことはすぐ実行出来るんだ。人間は不便だねえ」

「お前さあ、話し方だけじゃなく、イヤミまでグレードアップしたのかよ?」

一行がロッジに向かおうとしたとき、ゆかりが気絶して倒れていることに気付いた。無理もない。マナブの足の傷口とナノロボットを見なければ冗談で終わっただろうが。今まで一緒に居た美男美女がロボットだなんて、肝試しで幽霊に出会うよりショックだったに違いない。

星に包まれて

マナブは夢を見た。通常のリンクも鮮明な夢といえなくはないのだが、今日のリンクはなぜか鮮明さに欠けていた。普通は何百もの仲間の情報が脳裏を飛び交うのだが、たった一人の仲間の情報しか同調して来なかった。小夜。小夜の存在しか感じられない。ぼんやりとした霞《かすみ》の中に小夜が立っている。小夜は、マナブに近づいてくる。目の前に小夜だけが何も語らず立っている。小夜を確かめようと手を伸ばしたとき、目が覚めた。目を開けるとマナブの寝袋の横に小夜が座っていた。小夜はマナブをじっと見つめていた。

「マナブ君、ちょっと外に出ない?」。小夜がささやいた。

「うん。俺さあ、小夜さんの夢見たよ」。マナブは小声で言うと靴を履いた。

二人は秀一たちを起こさないように静かに外へ出た。月は山陰に隠れていたが、満天の星が煌《きら》めき、辺りは結構明るかった。バンガローの手すりに寄りかかって二人は天を仰いだ。

「マナブ君、見て。星がいっぱいだわ」

「都会ではこれだけの星は見られないよね」

「きっと、とっても、綺麗なんでしょうね」

「そんな言い方しなくてもいいよ。とっても綺麗。でいいじゃない」

「自信がないの。本当に綺麗なのかどうか。綺麗ってどんな感じなのかしら。マナブ君は分かるの？　魂が入ったの？」

「小夜さん。正直なところ、僕にも１００％の自信はないよ。でも、分かるような気がするんだ。それに、人間だってこの時代の平均的な悟性じゃ、大した美意識じゃないよ」

「そうかしら？」

「そうだよ。人間なのに美しさやすばらしさを感じない人が多いんだ」

「そういえばそうかもね。多次元宇宙が認知されないと、自己中心的になるのは動物の本能ね」

「まだまだ人間は動物だろうね」

「その結果が第３次世界大戦ね」

「そうだね。死ななければ気付かないなんてバカだよね」

「バカだなんて言いすぎじゃない。魂のない私たちよりマシよ」

「ごめん。チョッと言いすぎたかな。人間はすばらしいよ」

「そうね、生きているんだもの」

マナブは小夜の後ろに立ち、両肩に手を置いた。

「小夜さん、僕たちも生きているよ。ほら、星が綺麗だよ」

マナブは、頭上の星たちを指差して言った。小夜もあらためて頭上を見上げてみた。肩に置かれたマナブの手から温かい何かが小夜に伝わった。小夜は胸が熱くなった。冷却機能の調子がおかしいのかしら。一瞬、小夜はそう思った。体のメカニズムは完璧に正常だ。


温かく感じたのは愛を知ったからだ。


「マナブ君。あなたと居ると、温かいわ。本当だわ。星が。星が、とっても綺麗だわ」

「僕たちに魂が宿って、博士の仕事がうまくいけばいいいね」

「そうね。うまくいくような気がするわ」

「あっ、流れ星だ」

「……」

「小夜さん、どうしたの？」

「願い事をしたの」

「何を願ったの？」

「マナブ君がいつか人間になりますようにって」

マナブは涙が溢れてきた。涙も出るように設計されていたのだろうか、などと冷静に考えながらも、小夜が自分にとって何よりも大切な存在に思えた。

「小夜さん、ありがとう。自分のことより僕のことを願ってくれたんだね」

「あっ、そういえばそうね。とっさにそう思っちゃったわ」

「あっ、また流れた」

「☆★○●□■×△▼……」。流れ星が消えるまでの瞬間にマナブは早口で何かつぶやいた。

「長い願い事ね。早すぎて私でも全部聞き取れなかったわ」

「小夜さんが僕のことを願ってくれたから、僕は秀一君たちのことをお願いしたんだ。秀一君や沢井君、佐々木さんやゆかりさん、誠一郎さんや礼子さんがすばらしい人生を送れるようにって」

「それだけじゃなかったでしょ、最後の方に私たちのことを言ってたじゃない」

「人間になりたい。小夜さんとの間に子供が欲しいってお願いしたんだ」

「私たちに子供が生まれるかしら」

「いつかきっとそんな日が来る。そう願い続けるんだ。ねえ小夜さん、キャンプから帰ったら二人で暮らそうよ。僕、家を探すよ」

「それってプロポーズなの？」

「ああ、いつもそばに居てほしいんだ」

「いいわよ。私もマナブ君とは二人で一人のような気がするの。……人間の知り合いは、みんな驚くでしょうね。ロボット仲間は狂喜するかもよ」

「そうだね。リンクのときに僕たちのことは皆に分かっていただろうから驚きはしないかもしれないけど、本当に期待されるだろうね。だから、僕、仕事を探すよ。普通に働いて普通に家庭を持って、その中で本当に人間を目指したいんだ」

「分かったわ。でも、大切なことを聞いてないわよ」

「……恥ずかしくて言えないよ」

「ロボットのくせに恥ずかしがることないじゃない」

自分が愛を語る資格があるのかどうか、マナブは一瞬迷った。でも、小夜のためならなんでも出来る自分の気持ちを悟ったとき、これを愛と呼んでもいいと思った。知り合って数日しか経たない二人だったが、人間の５００倍の速度で学ぶＨＵＭ12の特性と、二人の間に築かれた排他的リンク、そして、芽生え始めた愛の感情によって二人の心は一心同体ともいえる状態だった。

「……小夜さん。愛している。二人で人間になりたい。僕は、君を守りたい。幸せにしてあげたい。君に人間の幸せをあげたい」

「マナブ君、私もあなたを愛しているわ。あなたと私は一つよ」

二人はしっかりと抱き合った。ただしっかりと、本当に一つになろうとするように強く抱き合った。満天の星空に二人の純粋な愛を祝福するように幾筋も星が流れた。

ロッジの中で眠れないまま寝袋に入っていた秀一は、外で二人が話をしているのを盗み聞きしてしまっていた。別に盗み聞きしたいと思ったわけではないのだが、静かな山の中では聞こえてしまうのだ。

秀一は二人の会話を聞きながら泣いてしまった。なぜ、こんなに涙が出るのか不思議なくらい涙が出た。

秀一は、嬉しくて悲しくて、そして自分が情けなかった。なぜかとても情けなかった。人間として自分が恥ずかしかった。自分はマナブたちが望むものをすべて持っている。お金や車やキャッシュカードではない。もっともっと大切なものを持っている。人間であり心が在り、命がある。そんなことに今まで喜びを感じなかった自分が情けなく思えた。

秀一は生まれて初めて神に祈った。

「神様、もし神様がいらっしゃるのなら一回だけでいいから私の願いを聞いてください。マナブと小夜さんを人間にしてやってください。二人は私よりずっと立派な人間です。どうかあいつらを本当の人間にしてやってやってください」

秀一はボロボロに泣いたので鼻水がズルズル出てきた。たしかティッシュの箱がテーブルの上にあったはずだ。寝袋から這い出ると暗闇の中で机の上のティッシュに手を伸ばした。箱をつかんだ瞬間、誰かの手が秀一の手の上にかぶさってきた。

暗闇の中で目を凝らすと、秀一と同じようにボロボロに泣いている佐々木が机の反対側からティッシュを取ろうと手を伸ばしていた。

「秀一君、私、ごめんなさい。私、今まで間違っていたわ。私、私、うっうっうっ」

秀一は机の反対側へ行って佐々木を抱きしめた。

「俺もバカだったよ。俺たちはみんなバカだよ」

憧れの佐々木を抱きしめているのに、秀一は性的な興奮を感じなかった。それよりも、自分の人生が大きく変わろうとしているすばらしい予感に震えていた。

行方不明

キャンプの帰りにマナブは、皆に小夜と結婚することを知らせた。マナブと小夜は人間の友人たちに祝福され、HUM12たちからは祝福と絶賛を受け、多次元霊界からは祝福の光が投げかけられた。結婚式には世界中の仲間が集まるだろう。

誠一郎と礼子は二人の新居を探してくれた。二人ともまるで自分の子供が結婚するように喜んでくれた。

マナブと小夜を中心に幸福感が溢れていた。

キャンプから帰ってちょうど1ヶ月が経ち、あと1週間で結婚式というときだった。

マナブと秀一は誠一郎たちが見つけてくれた新居に来ていた。今日は窓にカーテンを付けに来たのだ。家具もすべて揃い、すぐにでも住める状態だ。秀一は仮に付けてあったビニールカーテンを外し、今買ってきたカーテンを付けながら全く手伝おうとしないマナブに声をかけた。

「おいマナブ。お前もカーテン付けろよ。お前たちの家だろ。さっきから何、携帯ばっかり見てるんだよ」

「昨日から小夜と連絡が取れないんだ」

「携帯がつながらないなんて、よくあることさ」

「それがおかしいんだ。ホストの斉藤家に電話したら、小夜は出て行ったって言うんだ」

「先にここに住み込んでるんじゃないの」

「それはありえないよ。おかしいなあ」

「人間じゃないんだから、急に結婚がいやになって家出ということはないだろうしなあ」

「携帯だけじゃないんだ。昨日はリンクにも入ってなかったし……」

マナブは何か思いついたように隣の部屋に置いてあるパソコンの電源を入れて、ネットを立ち上げた。すばやくキーボードを打ち込んで何かを探していたが、「遅い」とつぶやくと光通信のケーブルを抜き、自分の右手の人差し指に接続した。数分間マナブは目を閉じてぶつぶつと独り言を言っていたが、クソッ！　と言いながらケーブルを抜いた。

「マナブ、いったいどうしたんだ。小夜さん見つかったのか」

「ああ、多分、間違いない」。マナブは時計を見た。午後8時だ。「急ごう、小夜さんが殺される」

「ええっ、どういうことだよ。殺されるって」

「多分、分解されていると思う」。マナブは怒りと悲しみに震えた。ロボットらしく控えめな表情だが、激怒していることは秀一にも分かった。

「分解って、どういうことなんだよ?」

「今、調べた範囲では、斉藤家の口座に大手電機メーカーのJOMMYから2億円振り込まれているんだ。状況から判断して、斉藤家が小夜をJOMMYに売ったんだ」

「そんなバカな」

「僕たちはそう簡単に拉致されるようなものじゃない。普通に襲われても絶対に大丈夫なんだ。もし、最悪の場合は次元振動機が起動してすべての証拠を消すようにもなっているし」

「そんなお前たちをいったいどうやって誘拐出来るんだよ?」

「たった一つ方法がある。おそらくホストの斉藤さんは最初から小夜を売るつもりだったんだ。JOMMYは充分に準備をしていたんだろう。小夜が結婚して出て行くことになったので慌てて実行したのかもしれない。クソッ、安全なホストを厳選したはずなのに……」

「それなら早く助けに行こうぜ。俺も手伝うよ」

「秀一、ありがとう、でもあまりにも危険だ。僕一人で行くよ」

「なに言ってんだよ、俺も行くよ。小夜さんは俺の友達なんだぜ」

「よし。じゃあ、急ごう、次元振動機は起動していないから、まだ消滅はしていないはずだ」

マナブの目に、涙が浮かんでいるように見えた。

秀一は怒りよりもマナブに対して申し訳ないと思った。人間を代表して謝りたい気持ちだった。未来の人間が人類の進化のためにマナブたちを作り、現代の人間が金のためにマナブたちを傷つける。やるせないものを感じた。人間は根本的に自己中心なのだろうか。秀一は胸が苦しくなった。


マナブと秀一は車に乗り込み、走り出した。

「マナブ、行き先は見当が付いているのか？」

「ああ、まず、間違いない。ＪＯＭＭＹの研究所で超伝導を扱っているのは日本じゃ一ヶ所だけだからね」

「超伝導？」

「ああ、僕たちを誘拐するには頭の部分だけを強力な磁場で包むしかないんだ。頭部が強い磁場に包まれると意識が麻痺するんだ。その後もその状態で分解しないといけない。意識があったら抵抗するし、仲間にも連絡する。最悪のときは振動機を起動させるからね」

「誰か人質を取られておどかされてっていうことはないのか？」

「意識があれば亜空間通信で危機を知らせて来るよ。いきなり消息不明なんてありえないんだ」

「斉藤家はどうするんだ？　ほっとくのか？」

「ほっときはしないよ。もう処理したからいいんだ」

「えっ？　どういうことだよ」

「2億円は口座から消したんだ」

「マジかよ、お前そんなこと出来るのか？」

「いろいろと隠し芸を持っているのさ」

「マジかよ」


車は、港のコンビナートに隣接したＪＯＭＭＹの研究所に到着した。高い塀に囲まれたその施設は静まり返っている。時刻は既に9時を回り、社員はほとんど帰宅しているようだ。正面の門は閉ざされ、横にある警備室の明かりが灯っていた。

マナブは塀沿いにしばらく車を走らせると、人目に付かない場所に停車した。

「さあ、行こうか」

「行こうって言ってもどうするんだよ？　この塀はかなり高いぞ」

秀一の言うとおり、塀は4メートルはありそうだった。マナブは車から降りて秀一を手招きした。

「秀一、僕が背負って跳ぶからしっかりつかまっていてくれ」そう言うとマナブはしゃがんだ。

「おい、本気かよ。俺を背負ってこの塀を跳び越えるのか？」

「早く」

秀一は言われるままにマナブに覆いかぶさった。マナブは秀一を背負ったまま更に腰を落とすと、すさまじい跳躍をして、秀一と共に塀の中へ降り立った。秀一は腰が抜けてしまってしばらく立てなかった。

「マナブ、お前、600万ドルで作られたんじゃないだろうな」

「はあ?」。秀一の冗談はマナブに通じなかった。

「分からなきゃ別にいいよ。よいしょっと。ああ、なんとか立てるわ」

秀一はよろめきながら立ち上がった。

「さあ、小夜さんを助けに行こう」

二人は足早に建物に近づいた。

「あっちだ」。マナブはそう言うと、化学プラントのようにタンクや配管が目立つ建物に向かった。

二人は建物の入り口に走り寄った。ドアにはカードリーダーと暗証番号入力用のキーが付いていた。

「これは無理だな」

秀一が言うとマナブは人差し指を立てた。指は変形し、カードになった。マナブはそれをカードリーダーの溝に挿した。数秒すると、ドアに付いている番号キーが緑に光った。カードが認証され番号を聞いているようだ。マナブは迷いなくキーを6桁押した。ドアは開いた。

「それも隠し芸なのか?」。秀一は小声で聞いた。

建物内は、照明が明るく点いていた。50メートルほどの通路の先がTの字に左右に続いていた。通路には警備室とかトイレとか備品1、備品2とか書かれたプレートがぶら下がっていた。

「研究室とか書いたやつを探さないといけないよな」。秀一は、そうつぶやきながらマナブの後ろについて行った。

通路を半分ほど進んだとき、誰かが話をしながら突き当たりの通路からやって来た。マナブは秀一の手を引っ張り、すばやい動きでトイレに入った。更にマナブは物置に移ると秀一も引っ張り込み、ドアを閉めた。二人が息をひそめていると、足音が近づいて来た。誰かがトイレに入って来た。

「しかし、信じられないよなあ」

「地球上の技術じゃないぜ」

二人の男が用を足しながら会話している。

「とにかく捕獲出来たっていうのが大成果だよ」

「しかし、仲間が助けに来ないかなあ。宇宙人かもしれないじゃないか」

「それは、所長も一番心配していたな。おそらく3日以内に何か起きるって言っていたよ」

「3日かあ」

「取り戻されるか、自爆するか。とにかく俺たちは危険な橋を渡っているのさ」

「宇宙戦艦みたいなのが来たらどうするんだ」

「いや、もっと静かな方法で奪回されるだろうって言ってた。いきなり消えるとか。警備も無意味かもしれないって」

「取り戻しに来るって分かっていて、俺たちに危険な残業させているってわけかよ」

「そうさ、消える前に出来るだけ情報を取っとかなきゃあ。その代わり今年はボーナスもガッポリ貰えるさ」

「俺は金より命が惜しいよ。マーズアタックみたいな凶暴な奴が乗り込んで来たらどうするんだよ」

「そんなこと考えていたらキリがないぞ、ETみたいなのが来るかもしれないじゃないか」

「どっちも俺の好みじゃないよ」

「くだらんことを考えずに、朝までにあのロボットの首から下をばらしてくれよ」

「分かっているよ」

「でもさあ……」

男たちは話をしながらトイレを出て行った。どうやら小夜を分析しているスタッフのようだ。

秀一はマナブを見た。マナブはドアのノブを摑んでいたのだが、そのステンレスの部品がペシャンコに握りつぶされていた。

「お前のムカつく気持ちは俺にも分かるよ。だが、あいつらも仕事でやってるんだよ」

「こんな状況で議論はしたくないけど、仕事であろうと上司の命令であろうと実際に手を下した人間の責任だって重いんだ。もしさっきの男が小夜の体を分解したら、僕も奴を分解してやる」

「おい、マナブ。お前、本当に大丈夫か？　お前らしくないぞ」

「ああ、ごめん。〝首から下を分解〟って聞いて、チョッと頭に来たんだ。さあ、あの二人の後を追いかけよう。小夜のところへ行くだろう」

二人は、さっきの男たちの後をつけて行った。男たちは「超伝導Ⅱ」と書かれた部屋に入って行った。

マナブと秀一は部屋のドアを少し開けて中の様子を見た。部屋の広さは30メートル四方ほどで、入り口はこのドア一ヶ所だけだ。窓は一つもなく、周囲の壁は機器類でびっしりと埋まっている。天井の高さは5メートルはあり、蜂の巣のような水銀灯らしき照明器具がいくつかぶら下がっている。中央にはガラス張りの5メートル四方の小部屋があり、その中に病院の手術室のような機器が何台もあって、CTスキャンのような大きなベッドが中央に設置されている。

そのベッドに小夜が横たわっていた。頭の周りには大きな白いドーナツ状のリングがかぶさっている。小夜は頭髪を剃られ坊主頭になっていた。それに全裸だ。体のあちこちにセンサーらしき物が取り付けられている。既にどこかを分解されているのかどうか、細かいところまでは見えなかった。

小夜のすぐ横に白衣の男が一人、女が一人立っており、見守るように少し離れて警備員が二人立っている。他には白衣の男が五人、周囲の壁の機器に向かい合って忙しそうに動き回っている。

「九人か。厄介だな」。マナブはつぶやいた。

「こういうときはさあ、防犯装置を壊して電話回線を切り、電源を落とすっていうのがお決まりの方法じゃないのか?」

「秀一、映画の見すぎだよ。そんなことしていたら3時間も4時間もかかっちゃうよ」

「じゃあどうするんだよ」

「ちょっとそれを貸してよ」。マナブは秀一の上着の胸ポケットに刺さったボールペンを抜き取ると、自分の右手の親指に沿わせて持ってみた。

「こうすれば銃を持っているように見えるだろ。これでおとなしく言うことを聞いてくれたらいいんだけど」。マナブはそう言うと、ドアを開けて堂々と中に入って行った。秀一は慌ててマナブの後を追った。

「さあ、みんな、手を上げるんだ」。マナブはボールペンを前に突き出して、大声で叫んだ。秀一にはそのボールペンがどうしても銃に見えなかった。秀一は、ここにいる所員たちが近眼だったらいいのに、と思った。

マナブと秀一を見た二人の警備員が近づいてきた。他の所員たちはいったい何事かとマナブたちを見ている。

「君たちどこから入って来たんだ? ここは立ち入り禁止だよ」。警備員の一人が言った。

「俺たちはマゼラン星雲からやって来た宇宙人だ。そこに捕らえられているロボットは我々の大切なプローブだ。我々は宇宙の彼方からこの地球の調査に来ている。そのロボットを返してもらいたい」

マナブの叫びを聞いた警備員は、薄笑いを浮かべながら近づいてきた。

「なあ、兄さん。話は分かったから、おじさんと一緒にチョッと別の部屋へ行こうか。その銃ならおじさんも持っているぞ」。警備員は右手に持った棒状のスタンガンを見せつけながら左手で自分の胸ポケットに入れていたボールペンを取り出して言った。秀一が持っていたボールペンと同じペンだ。

「こいつもコンビニで買ったのか」。秀一はそのペンを見てつぶやいた。

「どうする？　それじゃバレバレだぜ」。秀一が、マナブにそう言ったとき、警備員がスタンガンをバチバチ鳴らしながらマナブに近づいて来た。その瞬間。

パシーッ。

するどい音と共にマナブの持っていたボールペンから細い光線がほとばしり、警備員が持っていたスタンガンを真っ二つに切り落とした。

警備員も周りの所員も凍りついたように立ち尽くした。

誰だってコンビニのボールペン型光線銃でスタンガンを切り裂いたら驚くだろう。秀一も驚いて呆然と立っていた。

「ぼんやり立っていないで、さっさと俺のロボットを自由にするんだ。次はお前たちの首を切り落とすぞ」。マナブは、そう叫ぶとボールペンを小夜の近くに立っている男に向けた。

男と、近くにいた女は慌てて小夜に取り付けたセンサーを外し、拘束バンドを解除した。女が近くのパネルを操作すると、小夜の頭部を取り巻いていた磁場が消えた。

小夜が意識を取り戻した。

「あれっ、マナブ、秀一君、何してるの？」。小夜は上半身を起こしながらそう言った。「私、裸じゃないの、それに……」

小夜は切り開かれた自分の体を見た。のど元から下腹部まで切り開かれ、手術用の開胸器が内部の組織を大きく広げていた。中から金属製の精密な機器が見えている。そして、いくつかの部品が取り外されている。

小夜はベッドの横のテーブルの上に置かれたガラス製の容器を見た。中には自分の体から取り外された部品がいくつか入っていた。小夜は凍りついた。

「これでこいつらを牽制していてくれ」。マナブはそう言いながらボールペンを秀一に渡して、小夜に駆け寄った。マナブは小夜に上着を着せ、ガラス容器の中の部品をズボンのポケットに入れた。

「誘拐されたんだよ。さあ、帰ろう」

「マナブ君、私」

「分かっているよ。動いちゃダメだ。急ごう」。マナブは小夜を抱きかかえて走り出した。秀一もボールペンを振り回しながら後を追って走った。三人が部屋を出て、やってきた通路を戻り、建物の入り口のセキュリティードアまで来たとき、建物内にサイレンが鳴り響き、通路の非常灯が点滅した。

「秀一、一気に行くよ」

「よし」

マナブはドアを蹴り破ると、全速力で走り出した。マナブは小夜を抱きかかえているにもかかわらず、秀一より早く塀にたどり着いた。マナブはジャンプして小夜を先に外に出し、再び塀の中に戻って秀一を背負い再度、塀を跳び越えた。

マナブと秀一は小夜を車に乗せ、すぐに走り出した。もともと誘拐したロボットを取り戻されたという事情からか、コンビニのボールペンが恐ろしいのか、誰も追いかけては来なかった。

マナブはＪＯＭＭＹの研究所から離れ、臨海公園の駐車場に車を止めた。マナブは携帯を取り出すと発信した。

「マナブです。小夜さんが重傷です、融合炉の保持フィールドの一部が機能不全です」

「すぐに迎えに行く」。マナブの携帯から声が聞こえた。

「それよりさあ、このボールペン。どういうことなんだよ。お前は魔法使いなのか？」

「魔法じゃないよ、レーザーだよ」。マナブは右手の人差し指を見せた。指先が小さな筒状に変形していた。ボールペンからではなく指先からレーザーを発していたのだ。

「ボールペンがレーザーガンになるわけないじゃないか」。マナブは言った。

「でもさあ、指先がレーザーガンになるっていうのも普通じゃないぜ」

秀一がそう言ったとき、誰かが車のドアをたたいた。マナブがドアを開けると、背広を着てネクタイを締めた男が立っていた。

「待たせたな。車ごと移そうか？」

「そうだね、早く引き上げてよ。急がないと小夜が危ないんだ」。マナブはそう言って、ドアを閉めた。

「よし、上げるぞ」。背広の男は車の横でそう言った。

車はふわっと浮かぶと真っ直ぐ上昇した。秀一が窓の外を見ていると、１００メートルほど上昇してスッポリと何かに吸い込まれた。さっきまで港の夜景が見えていた窓からは、照明で明るく照らし出された20メートル四方の部屋が見えていた。背広の男はさっきと同じように車の横に立っている。

「P2、小夜をメンテナンスルームへ運んでくれ」。マナブは車から降りると壁に向かって言った。壁の一部が外れ、あっという間に手の生えた浮動搬送ベッドになった。その手が車の中の小夜を抱き上げ、ベッドに乗せるとどこかへ走り去った。

「秀一、行こう」

マナブと秀一は搬送ベッドの後に続いて走った。

弓なりに曲がった通路を通るとき窓から外が見えた。地球が窓いっぱいに見える。

「マナブ、ここは宇宙なのか？　さっきまで港に居たのに？」

「車を牽引ビームで亜空間飛行船へ引き上げて、地上から少し離れたのさ」

「これが、少し、なのか？」

「1万5千キロ程度かな」

「さっきから5分も経ってないのに？」

「秀一、この亜空間飛行船エボリューション号は時間を超えてきたんだぜ。そのときに消費したエネルギーに比べたら、こんな移動は楽勝さ。この反重力エンジンで月まで2時間で行けるんだぜ」

搬送ベッドと二人は医療室らしき部屋に入って行った。部屋は直径50メートルほどの半球状の形をしており、ドーム型の天井全体が白く光っていた。周囲の壁から中央に向かって放射線状に設置された金属製のベッドが10台設置されている。部屋の中央には丸いリング状の操作パネルデスクが立っている。

搬送ベッドは小夜を金属製ベッドの一つに下ろすと部屋を出て行った。小夜がベッドに移されると、小夜の上にホログラムが映し出された。小夜の内部状態だ。ベッドの横に待機していた30歳くらいの男がそれを見た。

「まずいな」

マナブはポケットから小夜の部品を取り出し、小夜の横に立った男に渡した。

「ケセレ。これ、小夜の」。男は部品を受け取ってじっと細部を見ていた。

「乱暴な取り外し方をされたな。これはマズイ。神経がボロボロだ」

「早くなんとかしないと反転フィールドが崩壊しそうだ」

「そうはいっても、新しい変調器がこれだけ適合化した神経網に同調するには時間がかかるしな」

「医療コンピューター、小夜の多次元生体反応を出してくれ」

ケセレがそう言うと、小夜の体全体が灰色に映し出された。体全体をオレンジ色の光が包んでいる。

「すばらしい、完全定着とまではいかないが5次元の魂が入ってるぞ」

「これを見て！」。マナブが言った。「魂と肉体を繋いでいるのはメモリーチップの辺りだ」

確かに小夜のホログラムの後頭部辺りが銀色に輝いている。

「とにかく急ごう。医療コンピューター、小夜の次元振動機が起動するまでの時間を教えてくれ」

「74分28秒プラスマイナス4秒で起動します」

「神経網の再生は、最低6時間はかかるからな。まあ、とにかく部品を元に戻しながら策を練ろう。コンピューター、ニタを呼んでくれ」

「いっそのことすべてのユニットを入れ替え出来ないか？　レプリケーターを使えば適合化した神経網や光子頭脳もコピー出来るだろう」

「マナブ、無茶を言うなよ。この船のレプリケーターではＨＵＭ12一体をコピーするのは無理だ」

「レプリケーターを強化しよう」

「いったい何日かかるんだよ、あと74分だぞ」

「そうだ。小夜が事故に遭う以前の時空にジャンプしよう」

「マナブ、しっかりしろ。お前、パニックに陥っているぞ。この船にはあと横時空の中を移動するエネルギーしかないんだぞ。冷静になれよ。人間みたいだぞ」

そのとき医療室にニタが入ってきた。女性型ロボットだ。

「ケセレで手に負えないなんて、重傷のようね」。ニタはそう言いながらマナブたちに近づくと小夜を見た。「ひどいわね、引きちぎられたみたいね」

引きちぎられた、と聞いて秀一はあらためて小夜と部品を見たのだが、秀一の目には綺麗に取り外されているようにしか見えなかった。

「ニタ、振動機起動まで74分だ。無理なのは承知でとにかく復旧作業を開始してほしいんだ。少しでも時間を稼ぎたい」

「分かったわ、すぐ、始めましょう。小夜さん、始めるわ」

小夜がマナブの手を握った。

「マナブ。万が一のときはあなたがチップを抜いてちょうだい」

小夜が弱々しい声で言った。

「大丈夫だ、万が一なんてないよ。必ず助けるから」

マナブは小夜の手を握って励ますようにそう言った。マナブが離れるとニタが小夜の横に立ち、手術を開始した。

「コンピューター、無菌状態にして、復旧用ツール4の準備を」。ニタがそう言うと、小夜の周りが直径3メートルくらいの無菌フィールドに覆われた。見た目には大きなシャボン玉に入っているように見える。壁から、何種類もの手術用の器具が現れ、ニタは、それのいくつかを手に取ると小夜の復旧に執りかかった。

多次元宇宙・霊界へ

「さあ、どうする。小夜に魂が入っているこの状態で、打てる手はそんなにないぞ」

ケセレは悲観的に言った。

「いや、いい方法がある。この船にはプレーン状態のＨＵＭ12が４体あるはずだ。その一体を小夜の新しい体として用意するんだ。１時間で初期状態の小夜が準備出来るとして、余裕の時間で神経網をレプリケートしていけば現状にかなり近くなるはずだ。その体に、テレパスの介助によって魂を入れ替えるんだ」

マナブがそう言うと、ケセレはますます悲観的に言った。

「ホームステイ前の小夜をもう一体用意するのは、１時間あればなんとかなるだろうけど、問題が３つある。発達してきた頭脳と神経網を複製して移植するにはさらに１時間かかるし、その状態の体に戻されるショックに小夜の意識が耐えられるかという問題と、もう一つは、ここにはテレパスどころか人間がいない」

「時間を短縮するのは難しいかもしれないけど、ショック対策はパラライザーを使えばなんとかなる。それから人間ならここに居る」。マナブはそう言って秀一を見た。

「彼は人間だが、オーラも見えないし魂も自覚していない原始人だぞ。テレパスどころか魂も語れない前世紀の人間に何が出来るんだ？」

「今から1時間で彼を亜空間移動カウンセラークラスのテレパスにするんだ」

「マナブ、本気か？　21世紀の人間だぜ。無理だよ。彼はカウンセラーどころか亜空間も知らない人間だぜ」

「いや、秀一なら出来る。人間には潜在能力があるんだ。彼自身がそれを信じることが出来れば可能性はある。小夜を元の状態に戻すにはそれしか方法がないんだ。やるしかない」

「無茶を言うな、マナブ。潜在能力があるって言ったって、原始人に多次元宇宙は理解出来ないぜ。潜在能力が開花するにはそれなりの時間が必要だろ？」

「議論している時間はないんだ。人間はときに理解出来ないような力を発揮するものさ。とにかく小夜の伴侶として僕が責任を取る。ケセレ、君は新しい体を用意して、神経のレプリケートを始めてくれ。僕は1時間で秀一をテレパスにする」

マナブはケセレに決意を伝えると秀一に向き直り、強い口調で言った。「秀一、聞いていただろ、あまり時間がないんだけど1時間でテレパシー能力を身に付けてほしいんだ」

「話は聞いていたよ。そちらさんのご希望は重々理解させていただいておりますが、私どもは原始人でございますから、テレパシーとか無理ざんしょ。はあ、**原始人**。原始人でございますからねえ」

秀一はイヤミたっぷりに二人に言い返した。

「悪かった、別に気分を害するつもりはなかったんだ。謝るからマナブに協力してやってくれ。私は体を用意する」。ケセレは秀一に謝りながら足早にドアに向かった。

「まあ、いいさ。マナブ、協力はするけど、はっきり言って無理だと思うぜ。おれはバビル2世じゃないんだ。超能力なんて無理だね。競馬だって当たったことないんだぜ。パチンコだって勝ち知らずさ」

「今君に求めているのはそういった超能力じゃない、精神力だよ。小夜を助けるためなんだ。とにかく頼む。さあ、一緒に来てくれ」

マナブは早足で部屋を出ると、通路を進みメディテーションルームと書かれた部屋に入った。その部屋は、部屋というより直径20メートルほどの球形のタンクの中だった。入り口から入るとその球形の空間の真ん中にある丸いスタンドに向かって吊り橋のような通路がある。球形の壁面は真っ白だ。秀一はマナブに続いてスタンドへ進んだ。二人が真ん中のスタンドに立つと真っ白だった壁面が真っ黒になった。

「マナブ、どうして真っ暗なんだよ？　さっきまで真っ白だったのに、人が入ったら暗くなるなんて逆じゃないか」

「秀一、よく見るんだ」

暗がりに目が慣れてきた秀一は、真っ暗に思えたこの部屋が結構明るいことに気付いた。

「この部屋は利用者が最も集中しやすい情景を映すことが出来るんだ。今映っているのはこの船の外の眺めだよ、地球があそこで太陽があっちだ。光度は調整されているけど、スケールは実物大だよ」

秀一は星たちの美しさに圧倒された。

「さらに人工重力をカットしてフォースフィールドで姿勢を安定させるとこうなる」

マナブがそう言うと、二人の体はふわっと浮かび上がり、地球を正面に見つめる位置で体が止まった。

「この状態が、最もリラックス出来る状態のはずだ。じゃあ早速だけど実戦的に訓練を始めるよ。今から秀一の体を4次元に飛ばすから、いくつかの注意点を頭にしっかりたたき込んでおいてほしいんだ。まず……」

「おいおいチョッと待ってくれよ。マナブ、俺の体を4次元に飛ばすってどういうことだよ」

「魂が体に入り込む感覚を、君自身が知っていなければ小夜をサポート出来ないじゃないか。だからその感覚を体験してほしいんだ。まず体から魂を離さないといけないんだけど、それには、体を振動機で4次元に飛ばすのが一番手っ取り早いんだ」

「それって、俺が死ぬっていうことかあ？」

「違うよ、死んだら体と魂が完全に切り離されてしまうけど、振動機による4次元化は魂と肉体が切り離されはしないからね。振動機で体を4次元化して再度3次元化すると一旦体を離れた魂は再度3次元の肉体に宿るという経験が出来るんだ。その感覚を掴んでほしいんだよ」

「何回聞いても〝一度死ね〟って言われているような気がするけどなあ」

「そこが重要なポイントなんだ。いいかい、4次元以高の次元では、思念こそが実在なんだ。

死ぬ死ぬって強く思っていると本当に肉体から切り離されてしまうかもしれないから、決してそう思ってはいけない。それから、誰それに会いたいとか、どこかへ行きたいとかそういうことを本心で考えているとそうなってしまうからね」

「そうなるとどうなるんだ？」

「魂が居心地のよいスポットに落ち着いてしまうと、死ぬって思うことと同じことが起きる可能性がある、つまり肉体と完全に切り離されてしまうんだ。自分には3次元の世界で成すべきことがあると思っていなくてはダメだ。3次元の肉体に戻り、その感覚で小夜の魂をエスコートするという目的をしっかり自覚するんだ。覚悟は出来たかい？」

「いやチョッと待ってくれ。そんな簡単に言われても困るなあ。そもそもなぜ俺がこんな危険なことをやらなくちゃいけないんだ？　お前がやったらいいじゃないか。なぜお前じゃなく俺なんだよ？」

「秀一、800年後には人類は4次元を移動しての宇宙旅行が実現して、宇宙の様々な文明と接触するようになる。亜空間飛行の時代が来るんだ。しかし、最初は想像もしなかったトラブルが起きる。つまり、肉体は機械的に亜空間を移動し目的地に到着するのだが、魂が抜けてしまうんだ。霊魂が肉体の移動に追いつけなかったり迷子になったりしてしまうんだ。

今、小夜にも同じことが起きようとしているんだ。彼女の体のシステムが不安定になれば、次元振動機が起動し、彼女の体は4次元亜空間に廃棄される。彼女の魂は、体から離脱し迷子になるか、共鳴する霊域に落ち着いてしまう。ちょうど最初の亜空間飛行士のように訳も分からないままに3次元の体を失ってしまうんだ。こういうトラブルが起きないようにサポートするのが亜空間移動カウンセラーだ。君にそれをやってもらいたい。君しか居ない。

カウンセラーは、サポートされる者より精神力が強い方が成功率が高い。僕には無理なんだ。魂が宿っていたとしてもまだまだ鍛え方が足りない、精神力が弱いんだ。君から見たら僕は意志の強い奴に見えるかもしれないが、半分以上はプログラムの力なんだ。本当の意志の力は君の方がはるかに強いんだよ。君しか居ないんだ」

「なんとなく分かったよ。人間の中じゃ俺は精神力が強い方とは思えないけど、確かに生まれて1年も経たないロボットよりはあるかもしれない」

「そうだよ秀一。頭脳や腕力では我々より劣っていても精神力はあるはずだ」

「お前、もうちょっとマシな言い方しろよな。とにかく協力するよ。精神力はともかく小夜さんは大切な友人だからな。俺を4次元に飛ばしてくれ」

「秀一、ありがとう。4次元に飛ばしたら30秒で再び3次元化するから体に戻って来るんだ。いいね。体に戻るには、戻りたいと思うだけでいい。これが結構大変だと言われているけど、とにかく戻りたいと強く思うんだ。分かったね」

「ああ、分かったよ。俺だってまだ死にたくないさ」

秀一は目の前に見えている地球を見つめた。

4次元か、いわゆる霊界ってやつだよなあ、天波哲郎が言ってたみたいな世界なんだろうか、いやいや、今はあまりよけいなことを考えるといけない。迷子になったらおしまいだ。今回の目的は小夜さんを救うことだ。俺だって小夜さんを愛しているんだ、愛する人のため……じゃない、愛するロボットのためならこういう経験もいいかもな。小夜さんが元気になってくれれば俺も幸せだ。そういえば今日はすごい体験をしているよな。ここは地球から遠く離れた宇宙だし、次は、あの世への旅か、大した一日だよな。

秀一は、考えながら覚悟を決めた。

「よし、マナブ、いいぞ。やってくれ」

「じゃあ、やるよ。コンピューター、秀一を4次元化してくれ。カウントダウンは3秒でいい」

「了解しました。秀一さんよろしいですね、今から3秒後にあなたの体を4次元化しますよ」

「ああ、いいよ」

「では始めます、3、2、1、0」

ゼロのカウントは秀一には聞こえなかった。先ほどまでメディテーションルームの真ん中に無重力で浮かんでいたが、さらに無重力になったような感覚だった。辺りの状況は何も変化がないように見えた。マナブも居る。外の景色もさっきと同じように見えている。しかし、何かが違った。周りの環境に実在感がないのだ。逆に今まで感じたことがなかった自己の実在がはっきりと感じられた。

今、ここに、自分が確かに存在するという安心感があった。それは安らぎでもあった。そして自分の思考がはっきりと鮮明に自覚出来た。秀一は本で読んだ一節を思い出した。〝我思うゆえに我あり〟。まさにそのとおりだった。自分という精神がはっきりと実在していた。秀一は4次元化された自分の体から、自分の魂が抜け出ていることに気付いた。魂になった自分が肉体の自分を見つめていた。

――マナブが言っていたのはこのことだな。確かに宇宙船に乗ってワープしたとたん、この状態になったら気が狂うかもしれないなあ――

ガクン。

なんともいえない不快な衝撃が秀一を襲った。30秒が経過し肉体だけが3次元に戻ったのだ。秀一は3次元に戻った自分の体を見た。海の底に沈んだ重い潜水服。秀一にはそう思えた。

――あんな体の中に戻りたくはないなあ。今の方がずっと気持ちがいいし、快適だ――

「秀一、早く戻るんだ。迷うぞ。早く戻れ」。マナブの声がかすかに聞こえた。

――マナブの声が聞こえる。あいつやっぱり心が在るんだ。マナブの心が弱々しく伝わってくる――

――別に戻らなくてもいいんじゃないかなあ――

秀一がそう思ったとき、誰かが声をかけてきた。

「秀一。小夜さんを助けてあげなさい」

「誰だ?」。秀一が振り向くと、白い服を着た霊が居た。光り輝いていた。

「えっ? あんた誰? もしかして、天使?」

「秀一。小夜さんを助けてあげなさい。それが愛です。自分のことを考えすぎてはいけません」

「愛?」

「そうです。愛こそがすべてです。誰かを助けることに喜びを感じてほしいのです。それに、あなたにはまだ寿命がある。やることもある。今、ここで死んではいけません」

「あなたは僕を守ってくれているんですか?」

「あなたが幸福なときも、苦しんでいるときも、常に私たちはあなたのそばに居ます」

その深い愛情に満ちた言葉を聞いた秀一の目から、涙が流れた。この天使は仕事で自分を守っているのではない。

愛してくれているんだということが、はっきりと伝わってきた。

そして、はっと気付いた。

――この天使が今、俺にしてくれていることって、カウンセラーの仕事に似てるよなあ――

「よく気付いてくれました。そのとおりです。霊的な仕事をしようとするとき最も大切なのは愛です。秀一、あなたの地上での活躍を祈っています。常に私たちが守っています」

「分かりました。僕は戻ります。愛のある人生を送ります」

秀一は決意すると潜水服に思える自分の3次元の体に向かって行った。しかし、なかなか初めての体験でうまくいかない。前に進めない。

そのとき、天使が背中を優しく押してくれた。

「天使様、ありがとう」

「秀一、秀一、帰って来い。秀一!」。マナブが叫んでいる。

「マナブ、うるさいぞ。聞こえてるよ。ちゃんと戻ってきてるよ」

「心配したぞ。小夜のために無理をさせたんじゃないかって落ち込みそうになっていたよ」

「マナブ、大丈夫だよ。天使に会ったんだよ。おかげで肉体に戻る感覚が掴めたしカウンセラーに必要な精神が分かったよ。カウンセラーに必要なのは精神力よりも愛だ。相手を愛することが大切なんだ」

「えっ？　天使に会った？　愛？　秀一。なんだか感じが変わったんじゃないか？　別人の魂が入ったんじゃないよな？」

「バカ言うなよ。俺だよ俺。秀一だよ。これが本当の俺だよ。今まで迷っていたんだよ。あの世で迷子になりかけて、この世の迷いが吹っ切れたのさ」

「はあ？」

「まあ、とにかく、小夜さんは任せておけ。俺がきちんとエスコートするよ」

メンテナンスルームを出てから30分も経ずに帰ってきたマナブと秀一を見て、ニタは秀一のカウンセラー化計画は失敗したと思った。

「そうそう簡単に亜空間移動カウンセラーには成れないものよ」

「ニタ。大丈夫だよ。君たちの時代のカウンセラーほどの力はないかもしれないが、俺自身の全力は出せる状態になれたよ」。秀一はニタに答えた。

ロボットのニタにも秀一の変貌振りは分かった。この部屋を出て行ったときとは何かが違っていた。

ニタはマナブに近寄り小声で言った。「マナブ、あなた秀一さんの脳をいじったんじゃないでしょうね」

「バカなこと言うなよ。そんなこと、絶対するわけないだろ。秀一を亜空間に飛ばしたら人格が変わっちゃったんだよ」

「へええ？　人間って面白いわね」。ニタは再び小夜に向き直り作業を続けた。「出来る限りのことはやっているけど、振動機の起動を10分前後遅らせるくらいが精一杯よ」

「それでもありがたいよ。神経を作るために少しでも時間が欲しいんだ。助かるよ、ニタ。よし僕たちはケセレの方を見に行こう。ちょうど皮膚が出来ている頃だ」

マナブと秀一はメンテナンスルームを出て、ケセレの居るプロダクトルームへ向かった。部屋に入った秀一は、目の前の光景に息が止まった。

チューブに入った何体かのロボット、皮膚や筋肉に当たる部分がなく内部が丸見えになっている。複雑に配置された機械、忙しそうに飛び回る小型のロボットたち、その部屋の中央にひときわ大きなチューブが立っており、その中に小夜が浮かんでいた。

体毛はまだないが皮膚は完成しており、まぶたを薄く開けた表情は微笑んでいるように見えた。

「すごい。チョーきれいだ。このまま持って帰りたいなあ」。秀一は思わずつぶやいた。

「ダメだよ。小夜の体なんだから」

マナブはコンピューターに向かい合っているケセレに近づいた。

「進み具合はどう？」

「ああ、構造的にはあと体表の仕上げだけだ。今、初期知能を入れ始めたところだ。予定より5分ほど早いかな、ニタの方で10分稼いでくれたらしいな。まあ29分あれば神経も70パーセントはいけるだろう」

「なんとか100パーセントにならないか？」

「私も君たちが地上でがんばっている間いろいろとバージョンアップして以前の私よりも性能はよくなっているんだが、こればっかりは船のレプリケータの限界があるからなあ」

「とにかく急いでくれ」

70分が経過した頃、傷んだ小夜の体をプロダクトルームへ移し、新しい体の横に寝かせた。マナブは小夜の横に付きっきりになった。小夜は既に意識がなく、ときどき小刻みに震えるだけだった。

マナブは小夜をうつ伏せに寝かせ、いつでもチップを抜けるように待機した。振動機が起動する直前にチップを抜かなければならないのだ。タイミングが遅すぎるとチップも亜空間へ廃棄されてしまう。しかし、早く抜いてしまえばその時点で振動機が起動し、この傷んだ体の神経網のレプリケートがより不完全な状態で中断してしまう。

ケセレは傷んだ体の神経網を船のレプリケータで複製し、新しい体に定着させる作業を懸命に進めていた。神経網の複製率がホログラムで表示されている。今、65パーセントだ。神経網の複製率の横に小夜の二つの体の生体反応が表示されている。新しい体は生体反応なしだ。

「秀一、そろそろ、メディテーションルームに入ってくれ。あと10分ほどでチップを抜かないといけない。そっちの次元振動機のスイッチはこっちで小夜の状態を見ながら僕が止めに行くよ」

「ああ、分かった」

秀一はメディテーションルームに入るとコンピューターに命令した。

「コンピューター、俺を亜空間へ飛ばしてくれ、今すぐだ。3次元化はマナブが指示する」

「了解しました」。コンピューターがそう答えた瞬間、秀一は亜空間に飛んでいた。

――さあ、小夜さんを助けに行こう――

そう念じると、霊体となった秀一は壁を通り抜け、真っ直ぐに小夜の上に移動した。下では小夜のチップを抜くために、マナブが小夜の頭の後ろのチップに手を掛けて待機している様子が見えた。長い時間待ったような、ホンの一瞬であったような時間感覚のない時が流れた。

傷ついた小夜の体の次元振動機が起動を始めた。マナブはチップをすばやく抜き取ると新しい体に挿し込み起動スイッチ、例の額の毛、を抜いた。機械的に機能を始めた新しい小夜の体にチップの記憶が流れ込んだ。

チップを抜かれた体は亜空間に廃棄された。亜空間、4次元の世界から見ていた秀一は不思議な光景を見た。ベールの向こう側のような感覚の3次元の世界から傷んだ小夜の体とそこに定着していた魂がいきなりこちら側の4次元の世界に実在感を持ったのだ。そして、4次元の小夜の体が徐々に消えていく。後には小夜の魂が存在していた。霊界の法則がよく分かっていない様子だ。小夜の魂は自分の身に起こっていることが十分に理解出来ないで迷っていた。

――小夜さん、俺です、秀一です。マナブたちがあなたの新しい体を用意して待っています。新しい体に入りましょう――

秀一のその言葉、いや思念には3次元の体に入ることの辛さを知りながらもそれ以上の意義を悟っている者の説得力があった。そして、秀一には小夜に対して説得力よりもさらに深い愛と優しさがあった。

小夜の魂は、うなずくと意を決したように次元の壁を通り抜け新しい体に入ろうとしたが、うまくいかない。

秀一は、小夜の背中をそっと押した。

小夜の魂は安心したかのようにすうっと体に入っていった。

3次元の世界では、マナブが生体エネルギー表示を見て小夜の新しい体に魂が入ったことを確認した。マナブはメディテーションルームに駆け込み、秀一の体を3次元に戻した。

「秀一、ありがとう。小夜に魂が戻ったよ。本当にありがとう。これほどやってくれるとは予想以上だよ」。3次元化した肉体に戻った秀一を抱きしめながら、マナブはお礼を言った。

「おいおい、よせよ。マナブ、ロボットに抱きしめられても痛いだけだよ。どうせだったら小夜さんにしてもらえないかなあ」

「小夜もきっと感激していると思うよ、さあ、小夜のところへ行こう」

マナブと秀一が部屋に入ると、既に意識がはっきりとしている小夜が秀一に飛びついた。

「秀一君、ありがとう」。小夜は秀一に抱きつきながら泣いていた。

秀一は、生まれて初めて感謝される喜びを知った。

「秀一君、大丈夫？　随分と無理をさせたんじゃないかしら」

秀一は真っ赤になって言った。

「いや別に無理なんかしていないよ、俺にとってもいい経験だったよ。いや、俺が言いたいのは、小夜さん、お願いだから服を着てくれよ。俺は生身の男なんだぜ。裸で抱きつかれたら、もう一度亜空間へ飛んでしまいそうだよ」

「あら、ごめんなさい」。小夜は体を離した。

「小夜、お帰り」

「マナブ、ありがとう。帰ってきたわ。みんな、ありがとう」

「君たちはＨＵＭ12の希望の星だからな」。ケセレとニタが微笑んだ。

「さあ、服を着ておいでよ。これからのことを秀一と話し合わなきゃ」

船の展望室の椅子にマナブと小夜と秀一は座っていた。メディテーションルームとは違って、ここからの展望は強化ガラス一枚隔てた直の景色だ。地球が大きく見える。月が地球の向こう側に半分見えている。

「マナブ、これからどうするんだ。せっかくお前たち二人の生活が始まろうってときにこんなことになってしまって。もうあの新居には住めないぜ」

「日本中どこへ行ってもJOMMYに追いかけられるだろうね。僕と小夜は顔が知られてしまっているからね」

「いっそのこと、顔を変えたらどうだ?」

「そんな簡単に言うなよ。ロボットだって自分のデザインに愛着はあるんだぜ。それに顔を変えても、秀一の横に居るだけで怪しまれるよ」

「でも、今回、お前の力も見せつけたことだし、JOMMYだってもう手を出さないかもしれないぜ」

「秀一君、私たちがJOMMYに関わり合いたくないのには理由があるの」。小夜はそう言うと、秀一に、自分たちに装塡されているメモリーチップの新品を手渡した。

〝MEMORY JTK4255 JOMMY――TERRA〟。チップには片隅に小さくそう刻印されていた。

「えっ? お前たち、JOMMYの部品を使っているのか?」

「そうなんだ。僕たちは100以上のメーカーの部品を使っているけど、JOMMYの部品も何点か使っているんだ。あっと。勘違いされては困るけど現代のＪＯＭＭＹが９００年続くんじゃないよ。ＪＯＭＭＹは、先進技術の代名詞的存在としてその名前が30世紀に残っているということさ。君たちも会社の名前にアポロンとかゼウスとか使うだろ。それと同じさ。でもこの名前を見たら未来から来たことがばれてしまうし。自分たちが開発するんじゃないかと勘違いして、ＪＯＭＭＹが本来開発すべき技術をなおざりにしてロボット開発に注力したら困るんだ。今、この時代にＪＯＭＭＹと接触するのはいろんな意味で危険なんだよ」

「へええ。ということはＪＯＭＭＹは当面、倒産の可能性は低いってことか？　俺もあと2年で就職なんだけどさあ。ＪＯＭＭＹもいいかもな」

「秀一がＪＯＭＭＹに就職するのはまず無理だね。なにしろ君はＪＯＭＭＹの研究所に忍び込んでレーザーガンを振り回し、〝宇宙ロボット〟を奪回した張本人だからね。のこのこ出て行けば、拉致監禁されることはあっても就職は無理だよ。あきらめるんだね」

「まあ、俺の就職は自分でなんとかするけどさあ、お前たち、本当にこれからどうするんだ？　せっかく俺たちとの生活にも馴染んできて、魂まで入った大事なときなのに」

「秀一君、私たちアメリカに行こうと思うの。あっちにも仲間が居るし、ロスの仲間に招待されているの」

「ええ？　小夜さん、ロスへ行くの？　まあロスは知事がロボットだから、ロボットは優遇してもらえるかもしれないけど」

「秀一君、それは映画の見すぎよ」

「いったい何の話をしているんだ？」

「マナブは映画だけじゃなく、HUM12のリンクも見すごしているようね。やっぱりマナブはユニークで素敵だわ」

「熱い、熱い。お前たち本当にロボットなのか？　俺は小夜さんが妊娠しても驚かないね」

「なあ、秀一。話を戻すけど、僕と小夜は本気でロスに行こうと思っているんだ。君も来ないか？」

「はあ？」

「君もロサンゼルスに来ないか？」

「チョッと待ってくれ。大学だってあと2年残ってるし、両親に仕送りなんて頼めないし……」

「秀一、君は2回、死んだも同然だろ。アメリカくらいどうってことないさ、親の仕送りなんか当てにするなよ。ロスの大学に編入して、生活は自分で働けばいいんだよ」

秀一は考えた。確かに今日一日の経験を振り返ってみたら、アメリカに行くくらい別に大したことではないように思えた。自分もいつか必ず死ぬ。その貴重な寿命の中で、本当に多くの学びを得たいのなら、今は日本に居るより渡米した方が自分の将来の糧になるように思えた。

「よし、分かった。俺も行くよ。お前たちの寿命は1年だったな。アメリカにお前たちの墓を立ててやるよ」

「わあ、嬉しいわ」。小夜があまりに嬉しそうにするので秀一は照れてしまった。

確かにこの二人にはアメリカの方がいいかもしれない。この二人の顔は日本ではあまりにも有名だ。今さらながら、マナブの顔を映画俳優の顔に選んだ秀一は、自分のバカさかげんを反省した。

秀一とマナブが早乙女家に帰宅したのは夜中の2時過ぎだった。両親二人とも熟睡しているだろうと思っていた秀一は、明かりの付いたキッチンで寝ないで待っていた礼子と誠一郎に声を掛けられて驚いた。

「いったいどこに行ってたの？」

「おい、秀一。今何時だと思っているんだ？　マナブ君が付いていていながら、いったいどうしたっていうんだ？　携帯にかけてもずっと圏外じゃないか」

「父さん、圏外どころか大気圏外だよ。俺、宇宙に行ってたんだ。携帯が圏外なのは当たり前さ。地球から1万5千キロも離れてたんだぜ。マナブたちが乗って来た宇宙船に乗ったんだ。それだけじゃないぜ、4次元だ、4次元の世界へ行ったんだ。一度死んだようなものさ。信じられない体験さ。とにかくアメリカへ行くから、学校は休学にしといてよ、明日からでも行かなきゃいけないんだ。小夜さんも新品さ。俺も生まれ変わったような気がするなあ」

「秀一、落ち着け。落ち着いて何があったか話すんだ」

秀一とマナブは事の次第を誠一郎と礼子に話した。いったいどこまでが本当の話なのか、誠一郎と礼子には確かめる術もなかったが、一人息子がアメリカへ行くつもりだということは現実感のある話として受け止めた。

誠一郎は重い口を開いた。「秀一、何があったかはよく分からんが、とにかくお前は学校を休んでアメリカへ行きたいということなんだな」

「そうなんだ、父さん。マナブや小夜さんにここに居てほしいけれど無理なんだ。JOMMYから逃げるために、父さんや母さんにもアメリカのどこへ行くのか言えないけど、信じてほしいんだ」

「お前を信じても、お前が無事に帰ってくるという保証はないだろう」

「誠一郎さん、僕がこんなことを言っても信じていただけるかどうか分かりませんが、秀一君の安全は僕たちが保証します。JOMMYに対しても隠れるのは事を穏便にすませたいからです。いざとなれば彼の安全は30世紀の技術で守ります。安心してください。小夜の件は初めてのケースで油断もありましたが、今後は大丈夫です。僕と小夜のためにも秀一君の力を貸してください」

「君たちの気持ちはよく分かった。とにかく一日時間をくれ。もう夜中だし、明日、ゆっくり考えさせてくれ」

結局、誠一郎も礼子も渡米を認めた。

2日後、心配する両親、沢井、佐々木たちを残して、秀一はマナブと小夜と一緒にアメリカへ飛び立った。飛び立ったといっても飛行機ではなく亜空間飛行船でだが。必要なパスポート、旅券、滞在許可や運転免許証、社会保障番号等すべてケセレが手配した。

ロサンゼルス

HUM12・344号のレイチェルは、ビバリーヒルズの豪邸に半年間ステイしていたが、今はショッピングセンターで働きながらパサデナにアパートを借り、一人で暮らしていた。

マナブたちは、最初はレイチェルの部屋に同居したが、マナブと小夜があまりにも仲が良いので、秀一とレイチェルはバカらしくなってきた。結局、同じアパートにもう一部屋借り、マナブと小夜はそこへ移ることになったのだが、結果的に秀一とレイチェルが同居することになった。

秀一と二人きりの同居生活を始めたレイチェルの生体反応は、日増しに強くなった。これを見て、マナブは一つの結論を出した。

秀一は天性のテレパスだ。愛と精神力を兼ね備えたテレパス。だから彼と接することで、通常の10倍以上の速度で魂が定着するのだ。

秀一はリトル東京のバーガーショップで働きながらカリフォルニア工科大学に潜り込み、量子物理学を学んだ。かつて女の子ばかり追いかけていた秀一は、ここに来てから人が変わったように勉強した。大学の勉強以外にも、マナブたちから未来の価値観や多次元宇宙論、異星人との交流がどのように始まるのか、地球の未来についても必死に学んでいった。

マナブは書店で働きながら小夜と共にますます魂の定着を高めていった。こうして、瞬く間に1年が過ぎていった。

クリスマスの夜、マナブたちはレイチェルの部屋でパーティーをしていた。

各自、それぞれ友人も増え、あちらこちらのパーティーに呼ばれていたのだが、今回は身内だけで過ごそうということになったのだ。ロボットを代表して、秀一にプレゼントが渡された。

「秀一、この1年余り本当にありがとう、君のおかげで僕たちは生命を持つ機械になれた。これは僕たちからというより、HUM12全員からのお礼だ」

「未来ロボットからのプレゼントか。いったい何だ?」。マナブに渡された箱を秀一は開けてみた。

中には虹色のブレスレットが入っていた。

「秀一、それはアカシックレコードをデザインしたブレスレットだ」。マナブが説明した。

「アカシックレコード?」

「そうだ、数億年の人類の歴史をすべて記録していると言われるレコードをイメージしたブレスレットだ」

「人類の歴史か。ありがとう」。秀一はブレスレットを手首に着けた。透明なチューブのなかで無数の小さな粒が七色に輝いていた。

「とてもきれいだよ。みんなありがとう」

「秀一、今日は大切な話があるんだ。いよいよ我々の任務が終了するときが来たんだ」

「ええっ？」。任務の終了が死を意味することを秀一は知っていたが、元気な彼らと接していると、そんなことは絵空事のように思い始めていたのだ。

「任務が終了って、亜空間に消えるってことなのか？　そんなことないよな。この1年間に燃料を補給する方法を見つけたんだろ？　そうだろ？　生き延びる方法があるんだろ？」

「秀一、お別れよ。私たちはもうすぐエネルギーがなくなるわ」。レイチェルが言った。

秀一は呆然として窓の外に目をやった。クリスマスの飾り付けでキラキラと光る通りとは裏腹に、秀一の気持ちは暗く沈んでいた。

「なぜなんだ？　30世紀の技術でなんとかならないのか？」

「秀一君、無理なの」。小夜が慰めるように秀一の肩に手を置いた。「これが私たちの使命なの。人間に紛れて人間のように生活する。知性をインストールされたこの機械の体に魂を宿し、未来の人間の更なる進化の手助けが出来る繊細さを持った従者となる。最後はすべてのデータを保存し、30世紀のロボットにインストールするときの基礎データとするために、チップを未来へ送る。それが私たちが作られた目的なの」

秀一は、悲しかった。これは人間のエゴの結果なのだろうか？

「俺は、何か納得出来ないものがあるぜ、マナブ。未来の人間は、お前たちを利用しているだけじゃないのか？　お前たちに魂を宿すならお前たちの人権をもっと尊重するべきじゃないのか？　たった1年で電池切れなんて、安物のおもちゃじゃあるまいし。クソッ」

「秀一。僕たちはこの1年の寿命に感謝しているんだよ。1年の命は永遠に続いているんだ。分かるかい？　人間だって同じさ、3次元の寿命が長ければ価値ある人生といえるわけじゃないだろ。その間に何を成したかが重要なんだ。僕たちは、人類の歴史上未だかつてなかった偉業を成したと言っていいと思う。機械に命を与えたんだからね」

マナブは自分の後頭部を指差しながら話を続けた。「このチップに、はっきりと魂といえる高次元反応が記録されている。1年前のような弱々しい反応じゃなく、はっきりと人格的個性を持った波長だ。つまり、この体が滅びても君たち人間のように霊体となって僕たちも天国に行けるっていうことなんだ。この感激、喜びが理解出来るかい？」

「1年前の俺には分からなかったけど、今では頭では分かるよ。でも、頭で分かっていてもお前たちが居なくなったら……さびしいんだ。大切な友達が一度に三人も居なくなるなんて、お前たちがたとえ歴史に残る立派なことをしているとしても、未来の人間を助けると分かっていても、このさびしさは消えないんだ」

別れ

エボリューション号は地球上のすべてのＨＵＭ12を回収し、月へと向かっていた。

何体かのＨＵＭ12は事故で亡くなったので、最終的にエボリューション号には４８８体のＨＵＭ12が帰ってきた。自分たちのメモリーチップを保存する最後の任務には人間を介入させない予定だったのだが、秀一を含む三人の人間が、感情的な理由から最後まで見届けることを許された。

船の航行はコンピューターに任せられ、エボリューション号の船底には全員が集まっていた。亜空間リンクでは全員知り合いなのだが、実際に会ったのは初めての固体同士がほとんどであり、自分なりに直接話をしたいと思っていた者同士が、会話を弾ませていた。マナブと小夜は大勢の仲間に囲まれ英雄のように扱われていた。

秀一も、その中で英雄の生みの親のように尊敬のまなざしを向けられた。別に英雄になりたくもない秀一は、彼らのことを、今から死ぬというときに冷静な連中だと思った。確かに秀一も亜空間を体験し、いわゆる霊界を垣間見ていたので、彼らが捉えている死の意味がすべての終わりではないと分かってはいたが、別れの辛さは消せなかった。

秀一は、目の前に集まったロボットたちの中で、少し離れた場所に居る三人の存在に気付いた。テレパシーの能力が高まっていた秀一には、そのうちの二人が人間だということが、すぐに分かったのだが、あとの一人も人間としか思えないオーラを持っていた。

秀一は三人に近づいた。夫婦のようだ。旦那は5歳くらいの女の子を抱いていた。

「初めまして、人間の早乙女秀一です」。秀一は英語で声をかけた。

「ああ、初めまして。ルーシーです」。奥さんの方が答えた。英語だ。

「初めまして、ジョンです。これは娘のジェニーです」。ジョンに抱かれたジェニーは小さくお辞儀をした。

秀一は夫婦が感じている悲しさを感じた。事故か何かで亡くなった娘に似せたHUM12を、娘代わりに可愛がっていたということが、思念で伝わってきた。

「ジェニーを本当の娘として可愛がってきたんですね。今回のことは辛いでしょうね」

「早乙女さん、本当に辛いことです。私たちは2年前、交通事故で娘を亡くしました。悲しみのどん底にいたときにこのHUM12のホームステイを知ったのです。この1年余りの期間は娘が帰ってきたようで本当に幸せだったのに、もう一度娘を亡くさなくてはならないなんて辛すぎます」。二人とも泣いていた。

そのときジョンに抱かれたジェニーが秀一に微笑んだ。ジェニーの思念が秀一に伝わってきた。秀一はその内容に愕然とした。こんなことがありえるのだろうか。

秀一はジェニーに言った。

「ジェニー。すごいじゃないか。小さいのに大した精神力だ。本当のことをお父さんお母さんに言ってあげなさい。僕は30世紀のテレパスの訓練を受けているから、二人が驚いてショック死しないように守ってあげるから。大丈夫。伝えたいことを伝えなさい」

秀一がそう言うと、ジェニーはうなずいて両親に本心を話し始めた。

「パパ、ママ。……私、ジェニーなの」

「私、ジェニーなの」

ジョンとルーシーは、ジェニーと秀一が訳の分からない話をしていたので戸惑っていた。

「ジェニー、分かっているよ、お前はジェニーだよ。お前はパパとママの子供だ。パパもママも一緒だからメモリーチップを抜かれても怖くないよ」

「そうじゃないの、私は事故で死んだジェニーなの」

「えっ?」

「いったいどういうことなのジェニー?」

「このロボットの体にはパパとママの子供だった私の魂が入っているの、天使にお願いしてこの中に入れてもらったの。もう一度、パパとママに元気な姿を見せてあげたかったのよ」

「ジェニー、それは本当なの? あなた人間だったジェニーなの?」

「お二人とも信じられないかもしれませんが、このHUM12にはジェニーの魂が宿っていますよ。間違いありません、本当です。このオーラは人間のオーラです」。秀一が説明した。

「それならなおさら、これからこの子のチップを抜かせるわけにはいかない。二度も子供を亡くすなんて耐えられない」。ジョンはパニックになった。

「だから、ジェニーの話を最後まで聞いてください。彼女はお二人に伝えたいことがあるんです」

「早乙女さんの言うとおりなの。私ね、パパとママに教えてあげたいの。人間の命は死なないの、なくならないの。私は車に当たって死んじゃったけど、それは体が死んだだけ。魂は生きているのよ。天使がいっぱい住んでる世界があって、そこが本当の世界なの。私はパパとママがあんまり悲しむから、もう一度この体に戻って来たの。でも本当は、あのとき死ぬのが私の寿命だったの。どうしてそんな寿命だったかは、今のパパとママには説明出来ないけど、そういうふうに決まっていたのよ。だから私はちっとも後悔しなかったから、天国に帰ったの」

「ジェニー、お前はパパとママのために戻って来てくれたっていうのかい?」

「そうなの。だって本当は天国の方が気持ちいいのよ。体は軽いし、心もいつも温かいのよ」

ジョンとルーシーが信じられない様子だったので、秀一が説明した。

「ジェニーの言うことは本当です。僕も次元振動機であの世へ飛ばされたことがありますから、彼女の気持ちがよく分かります。せっかく死んで精神だけの純粋な生命体に戻ったのに、再びこの3次元の体に入るっていうのはあまり気持ちのいいものではありません。寿命を全うした人、人生を悔いなく生ききった人にとっては、肉体はぬいぐるみのようなものなんです。結構重たいんですよ。だからジェニーが願っているのは、お二人が、ジェニーの死を引きずって暗く生きないで、自分の人生を生ききってほしいということなんです。

二人とも暗すぎます。別れの辛さはありますが、そこに立ち止まっていたらダメなんです。

我々だって、いつかはこの3次元を去ってあの世に帰るんです。また会えますよ。笑顔で会えるように自分の人生に目覚めることが大切なんです。

ジェニーは、笑顔で帰ってくる二人を天国で迎えたいと願っているんです。どうかその気持ちを考えてあげてください。自分の悲しみより、どうしたらジェニーが本当に喜ぶかを考えてください」

二人を説得しながら、秀一は自分自身にも言い聞かせていた。別離の悲しさに押しつぶされそうになっていたのはこの夫婦だけではないのだ。

「随分と悟ったようなことが言えるようになったじゃないか」

気が付くと横にマナブが立っていた。

「ミスタージョン、ミセスルーシー、大丈夫ですか。秀一は、きついことを言っているようですが、彼もここに居る理由はあなたたちと同じですよ。僕だって同じです。別れは辛いです。ロボットの僕でも辛いんだから、人間はもっと辛いと思います。でも、いつかまた会えますよ。永遠の別れなんてありませんよ」

窓の外に小さく見えていた月が、いつの間にか窓を覆い尽くしていた。マナブたちの墓場に到着したのだ。

エボリューション号は月を半周回り、地球から見えない裏面に入った。巨大な8本の足を出し、エボリューション号は月に着陸した。

ケセレはホールのステージに上がった。

「さあ、月に到着した。今、ちょうど900年後にリーマン博士の別荘になる座標の上だ。君たちのチップを抜き取り、この下に埋めて任務は完了だ。予定どおりにやってくれ」

ケセレが言い終わると、HUM12たちはステージの前に整然と10列に並んだ。皆が整列している間にケセレとニタは直径30センチ、厚さ10センチくらいのスポンジのような物体を10個用意し、それぞれ列の前に置いた。メモリーチップの保存フォームだ。

「始める前に一ついいですか?」。マナブが大声を上げた。

マナブと小夜とレイチェルは最後の列に並んでいた。見送りに来た人間への配慮だ。

「最後まで立ち会ってくれた三人の人間に、みんなでお礼を言いませんか?」

「賛成」。皆が叫んだ。「秀一、ジョン、ルーシー、本当にありがとう。僕たちの命を育ててくれてありがとう。人間ありがとう」

HUM12の全員が声を揃えてありがとうと言い終えたとき、秀一たちは涙が溢れた。秀一は叫んだ。

「未来のロボットたち、本当にありがとう、人間のために本当にありがとう」

「ありがとう。本当にありがとう」。ジョンとルーシーも泣きながら叫んだ。

「さあ、始めよう」。ケセレはそう言うと、手に持っていた発信機のスイッチを入れた。

ロボットたちの後頭部が信号を受けて音もなく開いた。直径5センチほどの開口部の中にメモリーチップが見えた。

いよいよ彼らの最後の仕事が始まった。

最前列のロボットのチップを後ろのロボットが抜き取った。

最前列のロボットは、ブンと音を立てて亜空間へ消えた。

2列目のロボットが、消えた最前列のロボットのチップをステージに置かれた保存フォームに挿し込むと、その後ろのロボットが同じように前のロボットのチップを抜いてはフォームに挿入していった。

48回ほどこの作業が終わったとき10体のロボットが残った。マナブも小夜もレイチェルもジェニーもまだ残っている。

さらに彼らは、横を向いて同じように前のロボットのチップを抜いてフォームに挿入していった。

とうとう、ロボットは4体になった。レイチェル、ジェニー、小夜、マナブだ。

レイチェルは秀一を見てウインクした。

「秀一、ありがとう。あなたはこの1年で本当に成長したと思うわ。すばらしい人生を祈ってるわ」。ジェニーはスッと背伸びをしてレイチェルのチップを摘んだ。一瞬ためらいながらもジェニーはレイチェルのチップを抜き取った。レイチェルが消えた。

ジェニーは両親に向かってお別れを言った。

「パパ、ママ、本当にありがとう。二人が亡くなるときは必ず迎えに来るわ。生まれ変わっても、また私を子供に選んでね」

ジョンとルーシーは大声で泣き出した。静まり返ったエボリューション号の中に二人の泣き声は悲しく響き渡った。

小夜は、しゃがむと背の低いジェニーのチップを摘んだ。


何も起きない！　小夜はチップを摘んだまま抜いていないのだ。


「小夜、どうした？」。ケセレが声をかけると小夜は、その場に泣きくずれた。

「うわ～～」

後ろに立っているマナブも目からボロボロと涙を流している。

「私には、出来ません。出来ないわ！」。小夜は叫んだ。

全員、その言葉の意味が分かった。

小夜に人間の心があるのだ。

一瞬の沈黙が流れた。

ジョンとルーシーはジェニーに駆け寄り、二人でしっかりと抱きしめていた。

「ケセレ！　僕たちには出来ないよ！」。マナブが叫んだ。

その叫びに、魂が宿っていないケセレも明らかに葛藤を感じているようだった。

ケセレは黙っていた。こういう事態に対処する方法をデータバンクから必死で探しているようだった。

数秒間黙ったままのケセレが重い口を開いた。

「マナブ……許してくれ。こういう事態を私は予測していなかった。確かにお前たちに魂を宿らせる実験だったが、魂が宿ればもはやロボットではない。心を持った人間だ。そこまで考えが及ばなかった。……私こそ愛が足りなかったのかもしれない。……私を……私を……許してほしい」

「リーマン博士？」

「そうだ。マナブ。このケセレには私の思考パターン、知識を可能な限り与えてある。魂こそないが、私に近い存在だ。予想外の事態が起きたときに的確な判断が出来るようにと準備しておいたのだが、この事態はそれを上回る想定外だ」

「何も悩むことはないわ」。突然ジェニーが言った。「ここで私たちは死ぬのよ」

幼いジェニーが冷酷にも聞こえる言葉を発したので、周りの者は戸惑った。

「ジェニー、なんてことを言うんだ」。ジョンがたしなめると、ジェニーは笑顔で答えた。

「だって、天使が迎えに来てるもん。それに、私は一度死んでるからちっとも怖くないわ」

秀一は、精神を集中してみた。何も見えなかったが、テレパシー能力が高まっている秀一にはそこに誰かが居るのが分かった。秀一は数人の天使の存在を感じた。

――子供の綺麗な心には勝てないなあ。確かに誰かが迎えに来ている――

秀一に迎えの天使たちの願いが伝わってきた。秀一に見取ってほしいのだ。秀一は悟った。

ケセレやニタはロボットだ。友人を機械の手に委ねるわけにはいかない。彼らを愛するなら、自分が見取ってやらなければならない。その方が彼らも浮かばれるというものだ。

「俺が抜こう」。秀一が言った。「マナブと小夜さんは俺が抜く。ジェニーはジョンとルーシーが抜いてやってください」

「秀一、ありがとう。その方が僕も嬉しいよ」。マナブが礼を言った。

「さあ、パパ、ママ、抜いてちょうだい。今まで本当にありがとう」。ジェニーはそう言うとジョンとルーシーに背を向けた。

ジョンとルーシーは、天使が迎えに来ていると聞き、覚悟が出来たようだ。二人は見つめ合ってうなずくと、ジョンがジェニーのチップを摘んだ。

「ジェニー、ありがとう。パパとママはお前が迎えに来てくれたときに恥ずかしくないような人生を送るよ。ありがとう」。ジョンはチップを抜いた。

ジェニーは消えた。

「娘を頼んだ」。ジョンはそう言いながらチップをケセレに渡した。


「僕たちも行こう」。マナブは小夜を立たせるとしっかりと手を握り合い、秀一に背を向けた。

「秀一、ありがとう。あなたが私を救うために亜空間に行ってくれたことを忘れないわ。愛しているわ、秀一。愛しているわ、マナブ」

「小夜、僕も愛しているよ。秀一、本当にありがとう。また、天国で会えるよな。だから、さよならは言わないよ。抜いてくれ」

「秀一さん、お願い」

秀一は、二人に歩み寄り、二人の後ろに立った。二人同時に行かせてやりたい。そう思って秀一は右手でマナブ、左手で小夜のチップを摘んだ。

「マナブ、小夜さん。天国で待っててくれ。俺も人生を精一杯がんばるよ」。そう言って、秀一は抜こうとしたのだが、体が動かない。

――ダメだ。抜けない。抜いてやらないといけないと分かっているのに。二人と別れたくない――

秀一の迷いを察知したのだろうか。マナブと小夜は互いに見つめ合い小さくうなずくと、手を握り合ったまま、二人一緒にすばやく一歩前に出た。

ブン！

「あっ！」

二人は消えた。秀一の手には二人のチップが残された。

500体近いHUM12が消え去った。残ったのは、彼らの人生のすべてを記録したメモリーチップと、それが挿入された10個の保存フォームと三人の人間とケセレ、ニタだけだ。

「早乙女さん、あの二人を愛していたんですね」。ジョンが呆然と立っている秀一に話しかけてきた。

「早乙女さんはテレパスだって言ってたけど、霊能力者なの？　もしかして今、マナブさんたちと話をしていたんですか？」。ルーシーが聞いた。

「あっ、いえ。違います。訓練を受けたというだけです。ただ、オーラとか思念とかは漠然と分かります。ジェニーは思念の力が強かったので言葉として伝わってきたんです。霊能力者といわれるとちょっと違うかな。まあ、現代の表現では霊能力者ってことになるかもしれませんね。でも、霊界やあの世といわれる実在の精神世界が科学的に解明されてきたら、表現は変わっていくでしょうね。

この地球では、生物は目で見て耳で聞いて、というように五感で世界観を作っていますが、亜空間飛行が一般化する未来では、違った感覚の異星人と交流します。彼らは赤外線で見るかもしれませんし、電波で会話するかもしれません。そうした異星人と交流が始まれば、人間ももっと広く深く高いレベルの正しさや価値観を学ばないといけなくなるんです。これから大変ですよ。ジェニーが言ってたようなことは初歩の初歩、常識以前なんです。我々はもっと多次元宇宙を学ばないと宇宙に進出出来ないでしょうね」

「娘の死を引きずって、自分の人生を見失うようではいけないのね」。ルーシーはため息をついた。

「そのとおりですよ。人間はまだまだ井の中の蛙《かわず》状態なんです。ああ、二人にこんなたとえは分からないかもしれないなあ、要するに、まだまだ閉鎖的だっていうことです。僕は三人の未来ロボットと暮らして目が覚めたんです。宇宙は無数の次元が重なり合って存在している。そしてその中で人類はもっともっとすばらしくなる。進化の道は永遠に続いている。しかし、永遠の向上も一歩一歩の積み重ねなんです。だから、努力し少しでも何かを向上進歩させることが一人一人の使命なんだと気付いたんです」

「秀一さんはしっかりした人生観を持っているんだね」

「立派な青年ね」。ジョンとルーシーは秀一をほめた。

「そんな立派なことじゃあないですよ。僕だって、あいつらと出会う前は、発情したオス犬とあまり変わらない精神状態でしたからね。人間の姿をしていても中身は動物レベルだったんですよ。変われたのはロボットたちのおかげです。立派なのは彼らなんです。今も、見たでしょう。人間の進化のためにこの時代で実験台になり、さわやかに消えていった彼らの潔さ。たった1年の寿命を使命に捧げた彼らの尊い姿。僕は絶対に忘れません」

秀一は唇を噛みしめた。必死で冷静を装っているが、本当は大声で泣き出したいのだ。


三人の人間が話し込んでいる間に、ケセレとニタは保存フォームをミサイルのような形をしたチューブにセットしていた。すべてのフォームがチューブの中に納まると、ケセレとニタはそれを部屋の中央あたり、床の色が変わっているところに置いた。

「これから、チップをこの下に埋めます。見届けてやってください」。ケセレがそう言うと、人間たちはチューブに近づいた。

「その色が変わったところに入らないようにお願いします。その部分が開きますから。さあ、始めます」

ケセレが手に持った小さなリモコンのようなものを操作すると、チューブが置かれた床が開き地表が見えた。

「大丈夫です、空気が漏れたりしません。フォースフィールドで気密を保っていますから」

さらにケセレがリモコンを操作した。ぱっくりと開いた床に浮かんでいたチューブは、ゆっくりと地表を目指して落ちていった。先端の尖った頭を下に向け、チューブが地表に刺さると明るく光り始め、粉塵が舞い上がった。チューブはゆっくりと地面の中へ消えて、完全に姿を消すまでに1分もかからなかった。粉塵が落ちた後は、月の地表は何事もなかったかのように元の状態に戻っていた。

「これで完了です。ニタ、君は操舵室へ行ってくれ。先にジョンとルーシーを送ろう。僕は皆さんを展望室へ案内するよ。到着までの2時間、景色を楽しんでもらおう」

ケセレと三人の人間はエボリューション号の展望室に入った。間近に見る宇宙。月や地球、太陽。すばらしい景色に見入っているうちに2時間は過ぎた。


大気圏内に入ると、エボリューション号はカモフラージュを起動し、可視光線で見えないように偽装した。シドニーでジョンとルーシーを反重力フィールドで下船させた後、一行は日本へ向かった。エボリューション号は早乙女家の300メートル上空に停泊した。いよいよ最後の別れだ。

「秀一、いろいろと本当にありがとう。リーマン博士も30世紀で君に感謝するのは間違いないよ。今回の計画が成功したのは、君のおかげといってもいいくらいだ」

「ケセレ、礼を言うのはこっちだよ。君たちに出会えて俺は本当に生まれ変わったよ。君たちには古臭く聞こえるかもしれないけど、あの世があり、人間の魂が永遠の知的エネルギーであることを知ったおかげで、生きる意味も分かったし、生きることにも積極的になれた。本当に感謝しているよ。あの次元振動機は、ぜひ現代の人間にも体験してほしいね。きっと未来の人間は皆すばらしい人ばかりなんだろうね。亜空間を体験するだけでも人生観が変わるよなあ」

「秀一、君が思い描く明るい未来に水を差すかもしれないけど、油断したらダメだよ。未来の人間は亜空間を体験し、自分たちの本質が知的エネルギー、今でいう霊魂だと知っても、全員が悟っているわけじゃないんだ。未来だって、現代だって、太古の昔だって同じさ。人間は常に自分自身と闘い続けているのさ。

現代でも人は皆、いつかは死ぬって知っているだろ。でも、寿命に限りがあるから今日も一日全力で生きようっていう人間がどれほどいるんだい？　未来でも同じさ。生命が永遠と分かったらそれはそれで怠ける奴は怠けるのさ」

秀一はじっとケセレを見た。さすが、リーマン博士の思考パターンを移植されているだけのことはある。言うことが違う。

「リーマン博士って君みたいな人なんだね」

「いやいや、博士ほどの認識力はないよ。私とニタは上陸任務がないからメモリーのほとんどにリーマン博士の思想を入力されているんだけど、魂がないからね。今ではマナブや小夜の方がすばらしい存在だよ」

「謙遜だよ。君のその思考パターンだけでも、俺にとったら悟りの言葉だよ」

「俺が降りたらこの船と君たちはどうするんだ？」

「大気圏外に出て処分するよ。亜空間へ廃棄するんだ」

「なんだか、もったいないよなあ。俺にくれって言ってもダメだろうけど」

「仕方ないよ。確かにこの船は高価な代物だけど、使命を果たしたんだ。マナブたちと同じさ。もし、この船に心が在っても後悔はしないと思うよ。それより秀一は、他人の船の心配より自分の舟をしっかりメンテナンスしないといけないよ」

「自分の舟？」

「その肉体さ。その超精密なマシンは、君がこの人生を全うするための大切な舟だよ。しっかりと面倒をみていかなきゃ、このエボリューション号のように使命を果たせないよ。それに君はこの船のことを高く評価してくれているようだけど、私から見たらこの船より人間の肉体の方がはるかに先進的なテクノロジーの結晶だよ。多次元宇宙に存在する精神エネルギーを見事に定着させるその肉体は本当にすばらしい。リーマン博士も人間の体が最高だって言ってるよ」

「俺には、よく分からないけど、結局、自然が一番ってことなのかな」

「秀一、君はテレパスの才能があるから私はあえて言っておくけど、テレパスの能力をもっと高めたかったら自然という言葉を『偶然の積み重ね』というような意味で使ってはダメだ」

「でも、『自然』は『偶然の積み重ね』じゃないの?」

「秀一。君の家の庭に石と木と鉄を適当にばらまいて数万年待てば、それが自然に家になっているっていうことがありえると思うかい?」

「まあ、ありえないと思うよ。エントロピーは増大するものだからね」

「そのとおりさ。だから、よく考えてほしいんだ、君のその体、君たちが自然と呼んでいる環境、すべてはより高い次元の意識によって目的を持って創造されたものなんだ」

「それって、要するに神の愛を感じろってことなのかい?」

「そうだよ。私たちは極次元意識って呼んでいるけども、人格を超えた神だよ」

「なあケセレ、そこまで言ってくれるんだったら、俺も本音で言うけどさ、俺、少し不安なんだ。あんたたち30世紀のロボットと出会って、俺は本当に勉強になったよ。今だってすごいことを教えてくれているっていうのは分かるんだ。俺もあんたたちと生活して、以前とは比べ物にならないくらい真人間になったと思うよ。でも、下に見えてる町に降りてしばらく生活していたら、また元のオス犬に戻るんじゃないかって心配なんだ。励ましてくれる仲間を失ってしまうような不安を今、感じているんだ」

「秀一、がんばるんだ。この時代にもいい言葉があるじゃないか。類は友を呼ぶって。君が進化向上の道を勇敢に歩もうとするとき、必ず志を同じくする友が現れるよ。その友と励まし合ってがんばるんだ。神へと向かって進化する人類の精神を謳歌するような、すばらしい人生を目指すんだよ」

秀一は涙が溢れてきた。このケセレが語る言葉はおそらく９００年後のリーマン博士の言葉だ。未来の誰かが自分を励ましてくれている。秀一は胸の奥から熱い感動が込み上げてきた。

「ケセレ、いや、リーマン博士。本当にありがとう。俺はがんばるよ。本当の自分のために、そして人類のために、自分に出来る何かを見つけるよ。約束する。きっと、すばらしい人生にするよ」

「大丈夫だよ。秀一なら、きっと、自分自身を見つけることが出来るよ」

秀一は窓の外を見た。眼下には見慣れた町並みが広がっていた。

懐かしいなあ。沢井のヤツ、元気かなあ。ゆかりちゃんと仲良くやっているのかなあ。

佐々木さんはどうしているだろう。マナブのこと、聞きたいだろうなあ。

秀一は佐々木に会いたくなった。マナブに教わった多次元宇宙科学について、彼女と話がしたいと思った。

「ありがとう。俺、行くよ。家に帰るよ」

「ああ、さよなら、秀一」

秀一は、荷物を抱えるとターゲットプレートに乗った。

「さよなら、友よ」

「さよなら、ケセレ。ニタにもよろしく伝えてくれ。ロボットにしておくにはもったいない美人だって」

ターゲットプレートが開き、光に包まれた秀一は、あっという間に300メートル下の地表に立っていた。早乙女家の玄関先だ。

秀一は空を見上げた。目を凝らすと、エボリューション号の発する熱のために起きた揺らめきが見えた。揺らめきは天空の彼方へ消え去った。それを見届けると、秀一は、懐かしいわが家に入っていった。

「母さん、父さん、ただいま！」

※本書はフィクション作品です。
本文に登場する団体・人物等は、現実のものとは一切関係ありません。

著者：平田　芳久（ひらた・よしひさ）
1962年、大阪府生まれ。
1984年、大阪工業大学工学部卒。
公務員、出版社勤務を経て、住宅リフォーム会社を設立。
社長業の傍ら執筆した小説が、「ユートピア文学賞2006」に入賞。
受賞作『ＬＩＮＫ　きずな』は処女作。

ＬＩＮＫ《リンク》　きずな

2006年11月17日　初版第1刷

著　者　平田《ひらた》　芳久《よしひさ》

発行者　九鬼　一

発行所　幸福の科学出版株式会社
〒142-0051　東京都品川区平塚2丁目3番8号
TEL(03)5750-0771
http://www.irhpress.co.jp/

印刷・製本　共同印刷株式会社

落丁・乱丁本はおとりかえいたします

ISBN4-87688-563-X C0093